계절을 먹다

계절을 먹다

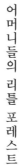

어머니들의 리틀 포레스트

이혜숙

글항아리

"꽃피우는 일이 곧 살아가는 일인/ 콩꽃 팥꽃처럼……"이라는 시구가 있다. 어머니들의 음식은 일상이었다. 그뿐만 아니라 필요한 재료를 만들어내는 일까지 했다.

거기에 사계절의 과녁이 돌았다. 그 줄에 알맞게 파종을 해야 하는 것이다.

전해에 담 아래 호박 구덩이를 파 퇴비와 흙을 잘 섞어 넣고, 봄이 오면 알맞게 삭은 구덩이에 씨앗을 넣었다. 호박씨를 밀고 올라온 떡잎이 벌어지고 새싹이 고개를 들면 어른들은 흐지부지한 막대기 하나를 꽂아 담에 기대어두었다. 호박은 알아서 사뿐히 담으로 올랐다. 연약한 줄기에 매달리는 열매의 무게를 담과 나누며 호박은 여름을 보내고 가을까지 집 안에 오가는 사람들을 들여다보았다.

첫 것은 언제나 희열이었다. 어른들은 첫 수확에 언제나 기도를 했다. 좀더 두어도 되지만 치마폭에 싸안고 들어왔다. 소두방 열어 두 조각으로 밥 위에 찌거나 양념한 물이 팔팔 끓을 때 채 친 것을 넣어 풋호박 색 그대로 살려 어른들 상에 올렸다.

삼밭에는 상추가 크고 물외도 달리고 감자 밑이 들며 아욱이랑 쑥갓이 자랐다. 가지는 슬그머니 아래로 열매를 키우고 그다음은 무와 배추가 무성해졌다. 늘 같은 자리에서 자라는 것은 아니었다. 그들은 매번 자리를 바꿨고, 그것은 엄마 나름의 과학이었다. 오일장에는 기껏해야 지푸라기에 묶인 간갈치나 고등어가 있고 어쩌다 횟가루 포대에 돌돌 말린 지육이 있었다.

엄마의 손은 평등하지 않았다. 모든 음식은 어른 따로, 고뿔을 앓는 사람 따로, 이가 없는 사람 따로였다. 우리는 그 따로따로를 불평하지 않았다. 국물이나 거석을 더 넣어 누구도 맛 못 보는 사람이 없게 했다. 그 숭고하고 대단하고 감사하던 밥상. 좁은 방에 상은 여러 개고 한 방에 모여 식사할 때 어른들은 꼭 훈화를 했으니, 겨우 권선징악을 강조하던 그때를 생각하면 지금도 김이 오른다.

차례

3장 가을

4장 겨울

5장 70년간 혀를 맴도는 기억

1장

봄

씨 고구마

수확한 고구마는 사람과 함께 집 안에서 살았다. 고구마 굴이 따로 없는 집은 방에 수숫대나 대나무로 둥그런 원통을 만들어 저장했다. 우리 고구마 굴은 부엌에 있었다. 왕겨를 깔고 고구마를 붓고 다시 겨를 덮었다. 그러곤 위에 나무를 두었다. 고구마는 절대 얼어서는 안 되는 것이었다. 겨울에 고구마는 더할 나위 없는 먹거리였다.

가난한 어떤 사람이 있었는데, 그나마 술까지 과했다. 살길을 찾아 경기도 어디로 갔다는데 몇 년 동안 소식이 없었다. 마음에 걸린 친정 올케가 찾아 나섰다. 어디 변두리에 쓰러져가는 집을 기어이 찾아냈고, 밤이 늦어 거기서 자게 되었다.

아이들은 많이 자라 있었다. 그래도 처남댁이라고 반가워하며 술을 받아왔다.

"고구마 세 망태 캤단 말이오. 첨에는 새끼들이 일일이 깎아 먹습디다. 칼 없으면 낫으로 깎아 먹어요. 한 망태 먹고 두 망태 남으니 가마니에 문대 껍딱만 벗기고 먹고, 한 망태 남으니 흙만 털어불고 먹고 있소."

먼 길 물어물어 찾아갔던 처남댁은 급기야 한바탕 싸워버렸다.

"그깟 고구마 세 망태 캐놓고 겨울을 맞으면 쓸 것이오? 그리고 술 받어다 저 혼자 먹고 취해버려라. 내가 시매서고 뭐고 욕양씬 하고 왔어라. 언제 정신 차릴라냐고."

우리 할머니를 찾아와 하던 아주머니 말이었다.

어릴 때 고구마를 캐는 날이면 나는 머릿속으로 계속 망태에 담아보았다. 그리고 언덕배기 쓰러져가는 집에 세 망태의 고구마를 가져다놓았다. 거의 무쇠 칼을 사용하던 시절 나도 그것을 들어 고구마를 깎기도 하고 조선낫을 들어보기도 했다.

친구와 어디를 걷고 있었다. 얼음이 풀리는 봄날 질척거리는 흙은 신발을 망치고 복숭아뼈까지 올라왔다. 젖은 흙이 점점 증발하고 사람의 내왕이 잦으면 잘 치댄 밀가루 반죽처럼 땅에 무늬만 놓을 뿐 더 이상 달라붙지 않았다.

아지랑이가 피고 흙먼지가 심해지는 봄이 되었다. 연방죽에

새순이 올라오고 보리가 불룩해지며 포플러 잎은 기름을 칠한 듯 반짝거렸다. 걷기 좋은 그런 날 친구와 나는 발걸음 도중에 어느 친척집에 들어갔다. 할아버지가 몹시 반갑게 맞았다. 할아버지는 우리 초등학교 교장선생님이었고 퇴직한 지 오래된 노인이었다. 부부가 두런두런했는데 나중에 생각해보니 줄 것이 없어 걱정하는 소리였다. 우리를 위해 고구마를 깎아 접시에 담아왔다. 더 이상 줄 것이 없어 안타까워하는 마음이 배웅할 때까지 보였다.

"말이야. 봄에 씨 고구마는 아주 귀한 손님이 아니면 주는 것이 아니지."

고구마만 내놓고 미안했던지 그때 그 말을 하셨다.

부엌 바닥 고구마 굴에서 우리는 팔을 넣어 고구마를 꺼내 먹었다. 처음에는 나무만 밀치면 나왔는데 그다음은 팔뚝을, 파내고 파내 고구마가 점점 굴면줄면 턱이 걸칠 때까지 어깨를 밀어넣어 꺼냈다. 봄이면 적당한 때에 전부를 팠다. 굴속에서 김이 모락모락 났다. 그것들도 살아 있었다. 캄캄한 속에서 붉은 새순을 내놓기 시작하던 참이었다. 그 씨 고구마를 묻어 순이 올라오면 잘라 심었다. 그 순이 자라면서 땅속에서는 고구마가 컸다.

친척 할아버지가 깎아주던 봄날의 귀한 씨 고구마.

그것을 보면 묻어야 할 때인지, 먹어도 되는지를 생각했다.

엄마의 지비쑥

엄마의 제비쑥은 히말라야 에델바이스처럼 뿌연 분을 뒤집어쓰고 있다. 방울방울 노란 꽃도 핀다.

어느 날 친정에 갔더니 엄마가 냉동실을 열어 뭔가를 한 보따리 내놨다. 풀어놓자 그것들이 데굴데굴 굴러갔다.

"뭐래요?"

"미숙이가 선물이라고 지랄 같은 떡을 보냈다."

낱개 비닐 포장을 벗기자 견과류, 밤 등이 섞인 게 나왔다.

"왜, 맛있는 것인데?"

"너는 그러냐? 뭣하러 그렇게 달다냐? 사탕도 아닌디 낯바닥은 그리 꽉 싸놓고……."

엄마는 절편, 인절미, 팥 시루떡을 떡으로 여겼다. 그리고 엄마의 떡에는 소금만 들어갔다.

엄니가 최고로 치는 것이 있다. 제비쑥 인절미! 서리 맞은 모습이어서 서리쑥이라 부르고 책에서는 떡쑥이라고도 한다. 제비쑥. 어쩌면 이름을 이리도 예쁘게 지었을까.

엄니는 들에 나갔다가 제비쑥을 보면 개비에 담아와 가마니 한 장 펴고 말렸다. 그렇게 한 줌씩 보태진 것은 설에 떡이 되었다. 쑥은 마음먹으면 흔하게 뜯을 수 있지만 제비쑥은 그렇지 않았다. 어느 해부터 엄마는 아예 제비쑥을 만나면 캐다가 삼밭 한쪽에 심어 밭을 두어 평 만들었다. 자라면 뜯어 말렸다.

"요거 먹어봐라. 지비쑥이다. 더 찰지지 않냐? 훨 더 맛나."

엄마 죽고 떡 중의 떡인 제비쑥 떡은 못 먹었다.

오빠, 올케가 점령한 친정에 갔더니 삼밭에 제비쑥 천지였다. 이게 뭐여?

엄마는 그 옆구리 밭에 상추 심고, 고추랑 가지 세우느라 제비쑥이 멀리 나가면 막 캐버렸다. 너는 거그서만 커! 엄마의 땅 벌이는 칼 같았다. 그런 울 엄니 봤더라면 말했을 것이다.

"미쳤네, 일 년 열두 달 떡만 먹을라간디."

내년에 새움이 돋으면 떡 한다니 얻어먹어야겠다.

파김치

왜 맛 안 나겠어, 파김치.

생것일 때 좋다는 사람 있고 익은 것이 좋다 말하는 사람이
있다.

우리 집은 파밭을 따로 두지 않았다. 연할 때 먹을 만치 먹고
쉬면 그대로 두어 파 씨로 했다. 씨로 할 양이면 뿌리가 여물게
둔 다음 뽑아 머리를 잘라 말렸다. 낱개로 떼어 바람 치는 곳에
매달았다가 가을 마늘을 심을 때 고랑 쪽으로 꼭꼭 눌러 심었
다. 가을이 길거나 겨울이 푹하면 촉이 돋고 어느 정도 크다가
눈에 묻혔다. 봄이 오면 전 잎을 털고 새잎이 나왔다. 한두 개 묻
었던 꾀는 싹이 여러 개가 되어 올라와 다복하게 자랐다. 마늘
보다 성장이 일렀다. 땅이 녹고 바람이 부드러워지면 다투어 다

른 풀들이 돋았는데 언덕배기 밭은 해가 지면 다시 겨울이 되었다. 할머니와 엄마는 해가 정중앙에 있는 낮에 잠깐 호미를 들었다. 집에 올 때는 파를 뽑아 호미등에 흙을 털어 들고 왔다. 짧고 오동통할 때 밥 위에 살짝 쪘다.

고춧가루는 넣는 집과 안 넣는 집이 있고, 간장 깨소금 참기름에 조물조물하면 연하고 향기로운 봄 파숙지였다. 파가 맛있는 것은 잠깐이다. 그때가 지나면 질기고 잘 벗겨지지 않았다.

화구는 불 때는 방법 중 하나였다. 안방에 큰 가마솥, 작은방에 작은 가마솥, 그리고 부뚜막에 나란히 걸린 백철 솥이 있었다. 나무는 밥을 짓고 그 열기를 구들 사이로 보내 방을 데웠다. 날이 더워 방으로 불을 들일 수 없을 때는 한데 헛솥을 사용하고 구들로 보내지 않는 열은 굴뚝을 세워 밖으로 날렸다. 뜸 들일 때 한쪽에 가만히 얹은 파는 밥에 파란 물과 향기를 내려놓았다.

밥 위에 얹어 함께 요리하는 몇 가지가 있었다. 달걀찜, 진한 뜨물에 파 썰고 보리새우 몇 넣은 것, 고춧가루 뿌린 마른 굴비 그릇, 밥 위에 바로 놓는 연한 고추, 가지 등이었다. 밥물이 넘쳐 들어가 더욱 맛있었고 마른 굴비는 밥과 함께 촉촉하고 구수하게 익었다.

파가 철이다.

연해야 맛있다는 사람도 있고 여물 대로 여물어 대가리 약

찼을 때 익은 것 콱 깨물어 먹는 맛이 최고라는 사람도 있다. 이러든 저러든 파는 좋다.

엄마의 노랑내

엄마는 곧잘 노랑내노린내가 난다고 했다.

좋아하는 개가 비 맞고 돌아다니다가 곁에 와 털에 물기를 털면 엄마는 질겁해 소리쳤다.

"저리 가. 노랑내 나!"

육고기를 전혀 입에 대지 않으면서 간을 잘 맞춰 뭐든 맛나게 한다는 소리를 들었다. 돼지고기를 삶으면서 미간을 찡그리면 뭔가 냄새가 안 좋다는 뜻이었다.

상에 차려주고 가족들이 먹는 모습을 물끄러미 바라보았다. 식구들이 맛있게 먹으면 그럼 되었다, 하는 표정을 지었다.

엄마는 요리할 때 엄마만이 맡는 냄새를 지우려 나름 애썼다. 한 번 끓여 버리기도 하고 생강을 더 넣기도 했다.

소고기 냄새는 더 심하다고 했다.

끓여놓고 국을 뜨는 일은 남을 시켰는데 뚜껑을 열 때 확 몰려드는 수증기 속 냄새가 얼굴에 붙는 것을 감당하지 못해서였다. 엄마는 그런 고기를 정신없이 먹는 가족을 살짝 경멸했다.

가끔 할머니 건강을 위해 염소도 잡았는데 냄새가 더해 그 요리만큼은 절대 거부했다. 준비조차 안 할 자유는 없어 이것저것 재료를 내놓고 끓이라고 했는데 꼴머슴과 할머니가 할 수 없이 했다.

콩나물은 끓으면 얼른 뚜껑을 열었다. 끓었는데 덮어두면 질겨지고, 끓기 전에 열면 비린내가 났다. 이것은 어른들이 반찬 해 먹는 기본을 가르칠 때 가장 먼저 강조하는 말이었다.

어느 날 누군가가 밥상머리에서 "끓기 전에 뚜껑을 열었는지 콩나물에서 비린내가 난다"고 했다. 어머니는 구시렁거렸다.

"비린 것도 그렇게 못 잡숫는 분들이라……."

고기를 좋아하는 사람들이 콩나물 비린내는 그리 못 맡느냐는 듯 코웃음을 쳤다.

엄마에게 노랑내 난다는 채소가 있었다.

대파를 우리 고장에서는 가랑파라고 했다. 봄에는 우리 집에서 그냥 파라고 불렀던 지금의 쪽파를 먹었다. 작년 김장에 쓰고 남은 가랑파를 뽑아 양지쪽에 깊숙이 묻었다. 이른 봄 쪽파는 씨에서 겨우 돋은 정도고 마늘은 더 못해 먹을 것이 맞맞지 않을 때 움파를 뽑아 다듬어 속대를 데쳐 무쳤다. 미끈거리기는 해도 내내 묵은 것만 먹다가 쑥이나 머위가 나오기 전의 새 반찬이었다. 다음으로 쪽파의 시대, 풋마늘의 시간이 이어지다 옆으로 치여 있던 가랑파가 꽃대를 올렸다. 그때부터 엄마는 노랑내가 난다며 반찬에서 뺐다. 그뿐인가. 쑥갓도 이쁜 노란 꽃이 맺힐 때면 노랑내 난다고 나무랐는걸.

시집살이 속에서도 반찬건지 타박이 심했던 엄니. 저승에는 맘에 딱 맞는 것들이 흔해요?

먹을거리

어느 날 텔레비전을 보는데 보리 새싹 가루를 팔고 있어 놀랐다. 무엇무엇에 좋아 우리 몸을 변화시킨다고 했다. 요는 우리 몸에 좋지 않은 것들이 알게 모르게 없어진다는 거고, 우리 조상들은 그걸 일찍 알았다는 거였다.

겨울을 난 보리가 들을 덮기 시작하는 봄이었다.

그 전날 된장국을 끓이고 보리 새싹을 베어 떡에 넣었다. 된장국은 여전하지만 지금도 보리 새싹을 숭숭 썰어 넣은 도톰한 떡을 하는지는 모르겠다. 물론 배게 돋은 곳을 찾아 베었다. 가을에 씨를 뿌리다보면 우르르 쏟아지는 곳이 있었다. 이내 식량이 되는 귀한 싹이었다. 너무 배게 돋으면 이삭이 작으므로 그것을 베어 먹었다. 영양이나 보리의 특별한 진가를 알고 했던 일은 아닐 것이다.

봄은 춘궁기가 시작되는 철이었다. 보리 새싹은 먹거리가 귀해지는 시기에 먹을 수 있는 것이었다. 그 옛날 먹을 수 있는 것은 뭐든 다 먹었다. 찔레 순도 먹고 심지어 소나무 속껍질 생키도 씹었다. 그때는 보리가 수확되기 전이고 쌀 또한 간당간당했다.

해는 길고 사람들은 굴풋했다. 배가 등짝에 붙었다는 표현이 있었고 실제 그런 경험을 많이 하는 봄이었다. 보리떡은 두툼했다. 우선 손에 닿는 먹을 수 있는 것이었다. 보리는 넉넉히 넣었지만 쌀은 많지 않았다.

요즘은 하다하다 보리 순을 건조해 팔고 있다. 그 옛날 농촌 사람들이 가르쳐준 것이었다. 가을 떡은 두텁고 봄 떡은 얇았다. 보릿잎만큼은 많았다. 봄에 콩가루 시루떡을 많이 했다. 둘금을 얇게 하여 나눠 먹기 좋게 하기 위함이었다고 어머니가 말했다.

도처를 훑어보며 먹을 것처럼 생긴 것은 다 탐닉했던 때를 거쳐온 어느 노인이 말했다.

"내가 건강하게 사는 이유는 봄에 돋는 풀이란 풀은 다 먹었기 때문이야. 씀바귀라고 부르는, 잘라낸 자리에서 하얀 진이 나오는 쓰디쓰던 싸랑부리랑 밭둑의 삐뿌쟁이가 맛있기로는 덮을 게 없지. 연한 원추리, 자운영, 유채, 취는 말할 것 없고 깨랑의 미나리, 냉이, 쑥, 수랑배미의 반두나물······." 그리고 몇 가지를 더 말했다. 모싯잎 개떡, 누에고치에서 실을 자을 때 나오는 번데기, 누에 먹이로 당연히 있어야 하는 뽕나무의 오디, 떫어서 껙껙대며 삼켰던 땡감에서부터 똥을 못 누게 했던 홍시까지 거거거! 피자나 빵이나 튀김 닭에 대겠냐고.

꼼짝없이 들은 그 감동의 먹거리가 지금 있겠냐고, 있다 한들 아이들이 먹어주겠냐고!

동골댁의 봄

할머니가 봄에 말했다.

"그때 없는 사람들이 봄까지 식량을 두고 먹었다냐. 동골댁이 아들 굶겨서 학교 보내놓고 동네 돌아다녀 품 얻어다 도시락 싸서 학교 갔더란다. 아들 만나 건네주고 나서 학교 샘우물에서 물 한 그릇 먹을라고 갔더니 누가 김치를 우리고 있더란다. 무쪽도 항꾸네함께 있어서 아들은 밥해다 싸줬어도 굶은 속이라 한 개 집어 입에 넣었는데, 아 그때 관사에서 선생 각시가 나오더래여. 엉겁결에 얼른 삼키고 그해 봄 고생했니라. 그놈의 무시 조각이 컸던갑더라. 어쩌겄냐, 배는 고프고 이왕 먹는 것 큰 놈 집었던 갑제." 그 얘기를 듣던 봄 해는 길고, 호리호리하고 가무잡잡하던 동골댁을 떠올리면 쓸쓸했다.

묵은 김치를 꺼내 물에 헹군다. 무쪽도 들어 있다. 바닥에 다시마 깔고 굵은 멸치도 한 줌 넣고 마늘도 넣고 된장기 조금 해나란히 눕혀 낭글낭글 지진다. 한사코 작은 불에 오래 둔다.

"사탕가리 쪼까 해라. 묵은내 잡는다이."

내 곁에 서서 죽은 엄마가 훈수를 둔다.

"전에 사탕가리 귀했담서."

"그랬제. 고것 생김서 맛이 더 나서졌제. 채소가 뭔 맛나다냐. 상추나 보드랄까, 거름 째까 주고 약 없일 때 채소가 뻣시고 뻣시면 써. 많이 붓지 마라! 음석이 달면 못써. 묵은내만 없일 정도로 한 숟가락만 넣어. 그렇게 많이 한 숟가락? 음매, 과자는 뭣허러 먹냐. 나 뜨건 물에 디치는 것은 부드럽게 허고 쓴물 뺄라고 그랬지 싶다. 쓴 것만 한하고 먹겄냐."

물이 잦아질 무렵 들기름을 두른다. 옆에 둔 무가 젓가락이 쑥 들어갈 만큼 몰캉해질 때까지 시나브로 끓게 둔 다음 김치 가닥이 젓가락으로도 잘잘 찢어지면 숟갈에 걸쳐 먹는다. 식어도 좋다. 물 만 밥에 먹어도 괜찮다.

운 떨어진 거 지지면 살아나는 것 또 있다. 깻잎이다. 너무 짜거나 싱거워 굴지 않고 있었던 거. 찬물에 흔들어 꼭 짠 다음 멸

치 양파 깔고 들기름 둘러 낮은 불에 때는 것이다. 그래서 인류
가 생으로 먹다 화식으로 바꿨을까.

삼밭의 연가

논에 물을 댈 때나 작달비장대처럼 좍좍 내리는 비가 필요할까. 비는 순하게 와야 피해가 없었다. 감자나 땅콩 같은 것에 호미로 끌어와 북식물의 뿌리를 싸고 있는 흙을 했는데 그렇게 호복하게 덮어주면 땅속에서 얻는 것들은 마음 놓고 밑이 굵어지며 뿌리가 흔들리지 않아 안정되게 컸다. 식물들의 평화였다. 비가 촉촉하게 내려 뿌리의 저 끝까지 젖으면 잎은 하늘로 기지개를 켰다. 나울나울 커가는 잎에 기름기가 돌고 덩굴손은 무엇이든 잡을 힘을 가졌다.

식물에게도 가끔 모진 시간이 있었다. 수직으로 기온이 떨어져 미처 준비할 시간이 없다거나 주먹 같은 우박이 온다거나 거친 바람이 마구 불어 뿌리가 뽑히는 때였다. 그러면 온몸이 흙탕물 범벅이 되고 심지어 다시 살아갈 수 없게 잎마다 구멍이 뚫리거나, 꽃피워 맺고 키웠던 것들이 바닥에 나뒹굴었다. 그 상처만큼이나 사람도 낙심했다. 비가 온순하게 내려 피해는 없이 덕만 잔뜩 주었을 때 새벽 삼밭으로 향하는 엄마의 몸은 전체가 감사 기도였다. 가만가만 딛고 걸어가 둘러보았다. 엷은 눈발에 찍힌 것처럼 발자국도 고왔다.

바람과 물과 햇볕이 채전을 키웠다. 몇 날 며칠 비가 내려 물수렁에 빠져버리면 무성하던 잎은 전잎이 되고 열매는 크지 않은 채 떨어졌다. 서로 얼싸안았던 지지대와 덩굴식물은 손을 풀어버리고 알아서 서 있는데 혼이 나간 모습이었다. 엄니는 몇 날 며칠 비 오는 하늘을 원망했다. "별스럽네. 다 못 먹게 할랑갑네." 비는 꼭 필요하지만 과하면 가뭄보다 못했다. 드디어 엄니는 하늘을 향해 숭악한 욕을 했다. "미쳤네. 밑구멍이 아조 빠졌는갑네."

엄마는 열매의 크기를 말할 때 우리가 밥 먹던 사기 그릇 정도면 댕덩이, 더 작으면 조막이나 주먹 등에 빗댔다. 호박은 씨가 여물지 않아 속까지 다 먹을 수 있을 때가 가장 좋은 것이었다. 다 먹을 수는 있으나 더 앳된 것을 조막만 하다고 했다. 조막은 주먹 중에서도 아이의 것을 말했다. 먹되 먹기 아까운 사랑스러운 때의 표현이었다.

담을 타던 호박순이 저만치 가 있고, 꽃이 지고 얼마 안 되었던 열매가 그새 먹어도 되겠고, 타고 오르라는 지지대는 오히려 물외 순의 포옹에 옴짝달싹 못 했다. 잎에 가려진, 한 뼘도 넘게 자라 있는 물외를 엄마는 기어이 찾아내 치마를 걷어올려 담았다. 가시가 성성하고 분질러 베어 물면 껍질에서 끈끈한 액체를 내놓았다. 참으로 조심해야 할 것은 호박이었다. 실수로 떨어뜨리기라도 하면 부드럽고 연한 표면으로 모래가 박히고 상처가 났다.

어린이에게 호박을 들려 보낼 때 어른들은 단속했다.

"내리치면 안 된다!"

호박을 쩌서 무친다거나 오이를 길게 채처 냉국을 하거나 부추를 넣은 지짐을 하는 엄마의 밥상은 푸르디푸르렀으나 밥 위에 살짝 쩌낸 호박은 참기름과 깨소금으로 달콤 고소하고 오이는 초가 들어가 상큼했으며 부추적은 기름이 둘러져 고기 못지않았다.

홍어애국

우리는 만나면 가난을 얘기한다.

끼니때가 되면 돌확에 보리쌀을 갈던 시대였다. 그 어린 손은 일찍 깨달음을 주었다. 그래서 내 친구들은 다 반듯하다.

홍어애국 얘기를 했다. 홍어가 어렵지 않게 잡혔지만 싼 고기는 아니었다. 그것을 먹었던 추억을 가진 아이가 몇 되지 않았다. 보리를 베어다 홍어 속을 넣고 된장, 고춧가루를 넣어 끓였다. 홍어 애 기름이 떴다. 좀 매웠지만 그때의 국은 솥으로 한가득이었다. 기름기나 맵기 때문에 못 먹는 사람들을 따로 배려할 여유는 없었다. 못 먹는다면 그냥 안 먹는 것으로 끝이었다.

홍어를 북풍받이 서까래에 가는 새끼줄로 코를 꿰어 걸어두고 칼로 길게 베어다 기름소금이나 초장에 찍어 먹었다는 얘기는 어떤 이들에게 소외 정도가 아니라 아픔을 줄 수도 있다. 그러잖아도 부모를 생각하면 가슴이 찢어지는 친구가 많다. 세월을 잘 만나 자신은 지금 이렇게나마 살지만 부모는 끝까지 고생과 배고픔, 헐벗음을 면치 못했다. 만회할 기회는 끝나 아무리 통탄해도 소용없어 서로 모이면 입과 입으로 더 험했던 시간을 풀어놓는다. 가신 분들에게 속죄하고 위무하는 시간이다.

맷방석이라고 있었다. 동그란 멍석이었다. 가벼워서 들여놨다 내기가 편했다. 사람들은 그것을 풀로 비벼 윷판을 만들었다. 명절이나 초상 때 맷방석이 펴지면 사람들은 함성을 지르며 내기를 했다.

사랑에서 겨우내 놀고 갔던 아들의 친구가 말만 한 놈들 밥 지어 먹이느라 고생했다면서 맷방석만 한 홍어를 사왔다고 할머니가 말했던 적이 있다.

시암 바닥에 어풀쳐놓고샘에 펴놓고 칼로 껍질을 긁어 홍어 특유의 느른한 것들을 벗겨내고 뒤집어 또 씻었다. 잘 드는 칼로 입꼬리에서 두 줄로 가르면 속에 있는 것들이 불거졌다. 애는 생으로 먹기도 했다.

버릴 것이 없다는 홍어. '미나리, 도라지, 무 넣고 무치면 좀 먹어' 하는 사람은 홍어 맛을 모르는 것이다. 삼합이라는 요리는 나중에 생긴 거고 홍어를 먹자면 홍어로 배 채워야지. 처음에 먹고, 항아리 속에 던져됐다 삭혀도 먹고, 걸어두고 말려가면서도 먹고, 남은 것들 다 처넣고 탕으로도 먹고.

눈 속에서 보리가 돋으면
"장에 홍어 나왔는가 봐라!"
했다. 그래서 따라가면 갈고리로 찍어 늘어놓거나 발딱 뒤집어 보이던 홍어. 뭔가 찌르륵 *끈끈*한 액체가 따라 올랐지.

사람들 몰고 와 사랑방이 와글와글했으며 먹기도 잘 먹어 쌀가마니가 푹푹 굴었다는 말은 납작하게 죽어 살던 큰형수 엄마가 회상하던 말이고.

그 아저씨네 집

어느 도시 변두리를 지나다 깜짝 놀랐다. 가게마다 '땅'이라는 글씨가 쓰여 있었다. 타고 있던 차는 달리니 나는 땅이라는 글자를 총소리처럼 읽었다. 땅땅땅. 그 말은 끔찍하고 무시무시했다. 온 나라가 둥실둥실 떴다. 매스컴도 치솟는 땅 얘기를 쉽 없이 내놓았다.

세상은 참!

유채꽃대 오를 때 다른 것들이라고 보고만 있지 않다. 그들에게도 봄이다. 시금치도 오르고 장다리도 동을 올렸다. 배추꽃은 노랗고 무꽃은 은은하다. 흰나비 노랑나비도 나와 노닌다. 마음이 싱숭생숭한 봄 들판이 부른다. 아직 안 늙은, 그렇다고 젊다고는 못 할 여자는 작은 뙈기에 밤낮으로 엎어져 산다. 유채꽃은 그대로 두고 시금치는 마구 뽑는다. 유채는 꽃이 이뻐 그대로 두고 시금치는 안 이뻐 그런 대접을 받는다고 생각하며 지켜보았다. 다 뽑는 것은 아니었다. 뾰쪽한 씨방이 익어가는 시금치는 얼마간 남긴다. 내가 물었다.

"고것은 어째 두요?"

"다 뭣 허게라. 이것도 넘쳐라."

씨를 받는단다. 유채는 왜 많이 두냐고 물어본다.

"저것은 지름 짜요."

"지름요? 참기름 들기름 하는 지름 말요?"

"예, 맞나요. 울 애기들은 이것으로 튀김 해 먹어요."

"아, 그러니까 지름 짤라고 길러요?"

"이른 봄부터는 뜯어다 무쳐 먹었어요."

"알아요, 유채 맛있죠."

"어떻게 생것으로만 다 먹어요. 남겼다 꽃 피고 여물면 볶아다 지름 집 가면 짜주어요. 유전자 콩기름에 대겠어요."

기가 좀 죽는다. 맞다. 유전자 변형이라. 우리는 단어만 알지 방어는 못 했다. 밭도 안 크다. 여자는 아침저녁으로 밭에 살 뿐만 아니라 괭이로 파서 땅을 키웠다. 허리 안 아프냐고 했더니 웃는다.

"어째 안 아프겠어요."

아프기도 하지만 즐거움이 더 크다는 표정이다. 나중에 알았다. 시집간 두 딸이 반찬을 하나도 안 사 먹고 산다고 했다. 한쪽에 부추 자라고 여름이면 열무 있고 고추 몇 줄 서 있고 마늘 옆에서 쑥갓은 노랗게 꽃을 피운다. 빙 둘러 들깨가 있고 그늘도 상관없다는 토란이 옥수수 옆에서 우산 같은 잎을 펼치고 있다. 어느 날은 밭둑에 발을 뻗고 앉아 강낭콩을 깠다. 꼬투리를 벌리고 엄지로 밀어내리면 붉고 알록달록한 것들이 옆에 놓인 그릇에 조르르 쏟아져 내렸다. 곱고 반질거리고 오동통하고 야무졌다. 밥 속에 익혀 자식들 입에 들어갈 생각에서인지 뜨거운 볕을 고스란히 쬐고 앉아 정신을 쏟고 있었다. 어느 날은 깻잎을 한 잎 두 잎 땄다. 그러곤 파 몇 뿌리를 뽑고 고추도 서너 개 땄다. 그녀의 요리를 나는 맞힐 수 있어 미소 지었다. 그녀나 딸네 가족은 오늘 파도 다지고 고추도 썰어 넣은 깻잎 김치를 먹을 것이다. 알뜰살뜰한 땅 가꾸기였다. 늘 숙이고 일하다가 누가 부르면 고개를 들었다. 고단하겠지만 그녀는 지친 기색을 보이지 않았다.

집안 아재가 설날 우리 집에 아들들을 데리고 와 세배를 하는데 인사하는 뒷모습 엉덩이 아래 발바닥에 구멍이 나 있었다. 아재는 선생님이었는데 넉넉하지 않았다. 부모님께 받은 것이 없고 형제는 많은 데다 본인의 자식만도 넷이었다. 연로한 부모님의 병의원비, 동기간들의 결혼과 분가가 거르지 않고 이어졌다. 심한 양말을 꼭 신어야 할 때가 있으면 전날 밤 미리 꺼내 요 밑에 넣고 자야 한다며 웃었다.

이 아재는 어느 해 땅을 샀다. 오십 평 정도의 땅이었는데 그때부터 목표는 돈을 모아 집을 짓는 것이었다. 아재는 그 목표가 달성되는 날을 좀 길게 잡았다. 땅 산 것으로 절반은 이루었으니까 우선은 아이들 교육이 문제였다.

그러다 드디어 그 땅에 집을 지어 친척들을 불렀다.

"여기가 한 스무 명이 부쳐 먹고 살던 땅이었어요. 돈이 좀 모아져 집을 지으려고 와봤더니 글쎄 채소가 심겨 있더란 말이지요. 어디 많이 가진 사람들이 여기에 이런 것 심어 먹을까 싶어 몇 달 있다 왔더니 마늘이 돋고 있고 시금치도 있더란 말씀입니다. 겨울보다는 봄에 해 길 때 집을 지어야 좋겠지 하고 다시 갔다가 봄에 오니 마늘도 아직 안 캐고 하지감자는 밑도 안 들었을 것 같아서 그것들 뽑아내고 나면 하지 싶어 얼마 뒤에 오면 또 뭣이 심겨 있어요. 안 되겠다 싶어 푯말을 세웠어요. 이제 집을 지으려 하니 몇 월 며칠 이곳으로 나와라, 하고요. 노인 셋이 나와 있어요. 그 노인들이 도시서 이런 것 가꾸는 재미였을 것인데⋯⋯ 그래서 삼만 원씩 드렸어요. 끝을 못 내고 거두라 해서 미안하다고 했지요. 쭈뼛거리던 한 노인이 말을 해요. 사실은 땅세라도 물릴까봐 안 왔는데 땅 버는 몇이 더 있다는 것이어요. 좋은 집 지으면서 누구는 속 아리면 되겠어요? 하룻밤 자고 올 테니 다 모이라고 했지요. 아 글쎄, 열 명도 아니고 스무 명이 모였어요. 여기 여기는 나고 저기는 저 사람이고 끄트머리 옥수수는 저 노인이고……. 다 봉투에 담아 드려 서운면은 하고 집 지었어요."

　　나는 상상했다. 부추가 흰 꽃을 피웠을 것이며 붉은 갓도 있고 파꽃도 피고 생강도 있고 아욱이 눈곱 같은 보라색 꽃을 피웠을 곳. 구름처럼 모여 너도나도 모자이크처럼 가꾸던 예쁜 땅은 할머니들의 기운을 얻은 대궐 못지않은 집 아니겠냐고.

이른 봄 삼밭은

대밭 뒤 밭은 울안 삼밭으로는 대식구를 감당 못 해 말하자면 울 밖 채마밭이었다.

둑 하나도 제대로 차지하지 못하고 마늘 옆에 묻었던 파는 이른 봄눈이 녹는 촉촉한 땅에서 겨우내 움츠린 몸을 펴고 있었다. 봄 마늘이랑 파는 연하고 맛과 향도 좋았다.

봄을 먼저 아는 것은 아무짝에도 쓸모없는 풀이었다. 보리뱅이, 지칭개, 개망초, 점도나물, 코딱지나물 중에는 농군이 아니라면 볼만하게 예쁜 것들도 있었다.

마늘과 마늘 틈으로, 둑으로, 고랑으로 마구 도는데 엄니는 그 지랄 같은 풀을 초장에 끝내겠다는 마음으로 호미를 들었다. 마늘은 일 년을 먹어야 하는 양념인데, 가만두면 그 풀들이 땅의 영양분을 다 빨아 농사를 그르쳤다.

정지간을 책임지는 엄니가 가장 소중히 여기는 것은 간장, 된장, 깨소금, 마늘, 참기름이었다. 사람들이 음식 솜씨를 치하하면 엄니는 늘 몸을 낮추었다. "고것들 맛이지요 뭐."

북향이어서 얼른 추워지는 밭이라 엄니가 일하는 시간은 해가 쨍쨍한 낮이었다.

들어올 때 아주 밴 곳에서 파를 꼭 한 줌 뽑아 호미등에 툭툭 쳐 흙을 털고 쥐고 와 숙지를 해줬다.

상이 세 닢이거나 네 닢이었던 우리네.

할아버지가 무릎 꿇린 오빠랑 먹고, 윗목에서는 일하는 아저씨가 꼬마둥이랑 아버지, 삼촌과 먹고, 나머지는 두리반에 앉았다.

어무니 말처럼 파숙지는 지그끼리니까 마늘 빼고 간장 깨 참기름 고춧가루 조금 넣어 조물거려 여기저기 나누면, 두리반에 앉은 사람들한테는 그릇에 묻은 양념뿐이어서 기름 냄새에 코만 벌름거렸다. 밥으로 양푼을 닦아 먹는 맛은 아이들에게도 황홀했다.

조금만 기다려라. 어릴 때는 분한실용 가치가 있는 양이 없다. 오늘은 한 주먹이지만 인자 곧 크면 한 아름 될께. 엄니는 크기를 기다려 푸지게 먹자는 약속을 했다. 파 한 줌을 뽑을 때도 주부는 계산을 했다.

독새기라도 먹자

할머니는 봄에 입맛이 없으면 해 잘 드는 논이나 밭, 척척한 땅에 불쑥 돋은 독새기라도 베어다 국을 끓이라고 했다. 봄풀은 못 먹는 게 없다고 했다. 누군가 막 올라온 국화를 싹 베어 무쳐주는데 먹을 만하더라고 했다.

봄이 오면 묵은 것이 싫어졌다. 묵은내는 맡기가 더 싫었다. 그러나 풋것은 아직 멀었다. 사철 코앞에 대령해주는 비닐하우스가 없었다.

겨울이 가고 얼었던 땅이 풀려 고샅 깨랑에 짤짤 물 흐르는 소리가 났다. 무거운 옷을 한풀 걷어내 몸이 가벼워졌음 직도 한데 어른들은 이상하게 입맛을 잃었다. 봄이 한발 한발 다가올수록 더했다. 누가 말했다. 만물이 움트느라 사람의 기운을 뺏어가 힘이 없다. 그럴듯해 봄의 나른함은 모든 식물에게 기운을 양보했기 때문이라고 믿어본다.

엄마가 남쪽을 향한 뒤란 언덕을 눈여겨 돌아보곤 했다. 드디어 머위 잎이 올랐다. 미처 동전닢 크기를 벗어나기도 전에 칼로 도륙을 했다. 이래도 저래도 며느리에게 고약했던 할머니는 언덕을 둘러보며 막보기다음을 보지 않고 지금 당장 베어 다 뜯어버림를 했다고 혀를 찼다. 너무 어려 한 자밤도 못 되어, 엄마는 뿌리가 다칠 것을 알면서도 칼을 좀더 깊숙이 넣었다.

부러 짚은 때어 재를 만들고 콩을 불려 재 한 둘금(켜) 콩 한 둘금으로 안쳤다. 틈틈이 물을 주었다. 물을 주면 재는 물을 머금어 콩의 뿌리를 돌게 하고 뿌리는 재를 땅으로 알고 움켜쥐었다. 콩나물에 묵은지를 종종 썰어 무쳐 봄과 겨울을 섞었다.

이렇게 저렇게 어르고 달래서 겨우 봄을 맞고, 봄이 만개해버리면 먹을 것도 지천으로 자라서 노인들은 한 해를 살아갈 기운을 차렸다. 대밭 언덕에 현호색이 피고 삼밭의 장다리꽃에는 나비가 날았다.

묵덕장

동네마다 이름은 다 다르다.

　김치를 다 먹어도 겨울에 독을 우리지는 않았다. 지금보다 훨씬 더 추운 겨울, 물을 채워 간기를 빼고자 하면 독이 얼어 깨졌다. 그렇기도 하지만 남은 김치 국물이 있기도 했다. 무엇이나 함부로 버리지 않던 시절이었다. 먹을 수 있는 걸 버리는 것은 죄악이었다. 독에 남은 국물을 그대로 두고 봄을 맞았다.

　봄이면 너른 반대기에 김치 국물을 따라 붓고 잘 퍼진 보리밥을 하고 먹다 시어진 무는 썰고 김치도 잘게 다져 또 다른 음식을 만들었다. 메줏가루가 필수였다. 이제 날씨가 더워져 상할 수 있는 것을 다른 차원의 맛으로 만들어냈다. 남은 싱건지 조각까지 들어간 묵덕장은 집장과 또 다른 맛이었다.

봄 한 철 독에 남은 것들을 마구 넣어 발효시킨 묵덕장은 신맛을 잡고 구수한 맛으로 재탄생되었다. 집장이 한층 고급진 음식이라면 묵덕장은 남은 음식을 활용한 것으로 이때 넣는 것이 있었다. 푸르딩딩하거나 얼추 붉은 고추를 가을에 따두었다가 찧어 넣었다. 시고 나른한 맛을 살려주는 풋것의 냄새를 섞는 것이었다.

봄, 이제 시골에서는 쌀이 바닥나기 시작했다. 쌀과 보리를 8대 2로 했다가 5대 5만 되어도 양반이었다. 이제 보리가 9이고 쌀은 보일 듯 말 듯했다. 이가 부실하고 소화력이 약한 어른들을 위한 움쌀이라는 것은 잡곡밥에 가만히 얹어 하는 쌀이었다. 밥을 잘 짓는 여자는 움쌀이 잡곡에 섞이지 않게 했다. 익은 쌀밥을 고스란히 어른에게 떠주는 미덕이 살아 있을 때였다.

농경사회에서는 먹을 수 있는 것을 절대 하수구에 흘려보내지 않았다. 말끔하게 먹어치우고 깨끗이 비워진 독을 샘가에 놓고 물을 가득 채워 묵은 맛을 우려냈다. 독은 여름 동안 비어 있었다. 이런 과정을 한 번 더 거치고 김장 김치가 담기고 가장 추운 자리에서 겨울을 보내며 반찬을 댔다.

할머니가 소복시키던 날

시골에서 고깃국 먹는 날은 아주 드물었다. 아이들 얼굴에 하얀 버짐이 피던 시절이었다. 봄에 쉬는 시간이면 교실 밖 까만 콜 타르가 칠해진 판자벽에 기대어 햇볕바라기를 했다. 교실 안이 더 썰렁했기 때문이다. 봄이 먼 데서부터 오고 있었다. 더 입으 면 덥고 벗으면 추웠다. 겨울옷은 오래 입어 땟물이 흘렀다. 뭐 가 좋다고 그리도 흥겨웠을까. 얼었던 들판은 점점 녹고 깨랑 물의 흐름은 느렸지만 한없이 맑았다.

나는 볕을 못 본 풀처럼 히말테기 없이 키만 멀쑥했다.

"키는 관청의 사다리처럼 댈싹 커서." 나에 대한 할머니의 평 가였다.

뭣 하러 해지면 방죽에 나가 섰냐.

전생 해결 못 한 그 무엇이 불렀을까.

지금처럼 산책이라든가 걷기라는 고상한 말이 없었을 때 방죽으로 잠기는 노을을 보거나 물 잡은 논에 씀바귀 노란 꽃이 피는 좁은 논둑을 걸었다.

닭이 정월 두어 배 앉혀(암탉이 알을 품다) 병아리를 까면 쳇바퀴 엎어 아랫목에서 잔주름을 거둬 찬바람을 견딜 수 있을 때 마당으로 내놨다. 그렇다고 마구 돌아다니게 한 것은 아니다. 하늘에서는 솔개가 날며 호시탐탐 병아리를 노렸다. 대로 둥그렇게 엮어 작은 공간을 만들어주고 어미 닭과 생활하게 했다. 그 시절 닭은 약이었다. 식구들 생일에, 허약한 사람 보양식과 제사 등으로 일 년을 잘 재량해서 짯짯하게 나눠 썼다. 3~4월까지는 그 닭이 아직 어리므로 묵은 닭을 남겨두는 것도 살림살이의 지혜였다.

그 뒤부터는 잘 크는 놈부터 잡았는데 마루에 올라와 똥을 갈긴다든가 키에 널어둔 곡식을 발로 쫙쫙 흩어버린다든가 약한 놈을 콕콕 찍어 못살게 구는 등 밉보인 놈이 먼저 잡히기도 했다.

할머니가 느닷없이 갈퀴를 들고 도망가는 닭을 쫓아가 잡은 적이 있다. 마을 누구네 잔치가 있을 무렵이었다. 냄새라고는 밥 익는 냄새, 장 달이는 냄새, 나무 타는 냄새만 있는 동네에 회가 동하는 기름 냄새가 났다. 시정市井에서 자치기, 사방치기, 고무줄을 하던 우리를 모처럼 맛난 냄새가 잡아 끌었다. 한 덤벙이 내주면 흙 묻은 손으로 먹었는데 간에 기별도 안 갔다.

그 꼴을 절대 못 보는 할머니였다. 엄니인들 그 생각 못 했을까만 닭을 없앨 권한은 없었다. 할머니 방 앞의 감이 농익어도 못 땄다.

푹 삶아 새끼들만 앉혀놓고 먹였다.

"잔칫집 얼씬거리지 말어라!"

자존심은 그때 좀 배웠나.

칠게젓

어릴 적 어른들이 들에 나가고 집 보던 때를 떠올리면 나는 마당에 쏟아지던 강렬한 햇볕과, 반대로 어둠으로 보이는 그늘에서 슬그머니 다가오던 공포를 기억한다. 나는 망설였다. 불볕더위에 서 있을 것인가 어두운 그늘에서 순간순간 구석으로 고개를 돌리며 시간을 보낼 것인가. 그늘은 무섭고 볕은 뜨거웠다. 언제 돌아올지 모르는 기다림과 지붕과 마루의 교교함은 그만 안절부절못하게 했다. 상상력은 걷잡을 수 없이 피어올라 마침내 나는 헛간 구석에서 나를 째려보고 있는 귀신까지 만들어냈다. 대치하듯 노려보다가 어른들이 돌아올 때는 기운이 다 소진돼 마침내 지쳐버렸다. 어른들은 내가 그늘에 앉아 놀면서 집을 봤으리라 생각했고, 불안해서 동동거렸던 나를 알아주는 사람은 없었다.

어릴 적 고흥 바닷가 마을에 살았던 내 친구의 하루는 지루하지 않았단다. 어느 곳이든 게가 나왔다는 바닷가 마을. 집을 보는 아이는 게를 지푸라기나 꼬챙이로 건들며 놀았다는 것이다. 슬그머니 나왔다 다시 들어가며 게도 함께 즐겼다고 했다. 대밭에서 자라는 게가 있고 토방의 작은 틈을 들락거리는 것도 있고 두엄을 좋아하는 게도 있었다고 한다.

몇 년 전 신안의 어느 섬에 갔을 때 모래사장에 면한 숲에 붉은 다리 하나를 들고 다니는 게가 보였다. 집게 다리 하나가 유난히 컸다. 심심찮게 마주쳤는데 먹어도 되냐고 마을 사람에게 물으니 '글쎄'라고 답했다. 먹은들 어쩌겠냐만 우리는 먹지 않는다는 게를 그날 밤 라면을 먹던 사람들이 잡아 넣고 끓였다는 말을 무용담처럼 했다. 맛있었냐고 물으니 맛있었으면 그 게들이 사람 다니는 길에서 유유히 놀겠냐고 했다. 멋모르는 타지 사람들에게 잡혀 라면 속에 들어갔고 맛이 없었던 까닭에 게의 동료와 그 후손들은 사람들 속에서 안전하게 살고 있다.

봄이면 흔하게 먹던 까맣고 작은 게가 있었다. 대충 꺼멍게라 불렀고 가끔 제대로 된 말인 칠게라고 부르기도 했다. 장에 가면 커다란 다라이에 그릇으로 잔뜩 담아놓고 팔았다. 그 칠게는 흔하고 쌌다. 보리가 동이 설 무렵 엄마는 게를 사와 씻은 다음 양념과 참기름을 대충 뿌려두었다. 게들은 부지런히 먹다가 이내 기운을 잃었다. 처음부터 불에 볶으면 움직이다 발이 떨어졌다. 뭔지 모르고 뿌려진 것들을 열심히 먹은 게는 양념이 배어 맛도 있고 기절 비슷하게 해 마구 버둥거리지 않아 다리도 떨어지지 않았다.

어느 날인가는 검은 게 때문에 울었다. 시장에 가니 노점상 아주머니들이 밥을 먹고 있었다. 장에 좋인 칠게 반찬도 보였다. 다리를 떼어가며 먹을 수도 있고 반을 베어 먹기도 하고 통째로 입에 넣어 깨물 수도 있었다. 그들은 아주 맛나게 먹고 있었다. 나는 그때 입덧 중이었다. 그거 하나, 아니 다리 한 개라도 먹으면 수시로 올라오는 구역질이 멈출 것 같았다. 차마 입을 떼지 못하고 걸어오면서 울었다.

보리가 누렇고 모내기를 끝내갈 때 검은 게는 등이 억세졌다. 색도 살짝 바랬다. 엄마는 확에 넣고 가차 없이 부수었다. 등을 깨면 붉그스레한 알이 보이기도 했다. 집게발과 다른 다리들을 사정없이 딱딱 갈았다. 마늘 넣고 고춧가루 넣고 깨 넣어 죽처럼 갈아 바로 먹었다. 잘 퍼진 보리밥에 비벼 먹는 칠게젓이었다.

열무지

지금처럼 씨앗을 사서 쓰지 않을 때 봄이면 장다리꽃이 집집마다 피었다. 꽃이 지고 씨방이 익으면 베어 말렸다. 씨앗을 성급하게 받아서는 안 되는 것이 특히 장다리였다. 씨방이 부스러져 털면 어른들은 먼지가 일 때까지 눕혀두었다. 말린 씨앗은 봉지에 담아 서까래에 매달았다. 한 해의 무 배추가 될 것들이었다. 어느 집 무가 달고 크더라 하면 사람들은 종자를 얻어갔다. 농사는 종자만으로 되는 것도 아니고 땅이 좋아서만 되는 것도 아니요, 햇볕과 물과 바람과 땅과 셀 수도 없는 자연이 스치고 간섭하여 결과물이 되는 것이었다. 김장용으로 늦은 여름에 심으면 무를 먹고 봄에는 뿌려 잎을 먹었다. 여름내 먹는 것을 열무라 했다.

양파는 뽑을 때가 되면 잎이 땅으로 쓰러졌다. 그러나 그때

뽑는 것이 아니었다. 누워 있게 한참을 두면 잎이 죽으면서 뿌리에 매운맛과 단맛을 쟁여주었다. 마늘도 그랬다. 마늘은 넘어지지는 않았지만 뽑아서 중간을 잘라 매달았다. 줄기가 마르면서 알에 약이 찬다고 어른들은 말했다.

봄에 흰나비 노랑나비 날아들던 장다리꽃이 피면 베어서 한참을 눕혀두고 전체가 마르기를 기다렸다. 생은 참 묘한 것이었다. 일찍 비벼 받아둔 씨앗은 이듬해에 발아가 현저하게 떨어졌다. 인간도 농사도 한 해로 끝난다면 경험과 지혜는 쌓을 필요가 없겠지만 대개 여러 해를 심고 거두며 익힌 것이었다.

일단 콩밭 열무는 달고 목화밭 열무는 썼다. 손이나 삽이나 괭이로 일구는 밭이 고작이었던 사람들은 여름 열무를 심기 위해 내줄 밭이 없었다. 콩과 팥과 깨가 더 중요했다. 다른 작물과 같이 심었다가 얼른 뽑아 먹고 주된 작물이 자라게 했다. 알뜰살뜰한 땅벌이를 하던 시절이었다. 콩밭이 어울려져 그늘에 묻히기 전까지 열무는 우리의 여름 반찬이 되었다. 그때도 구멍이 나 있기는 마찬가지였다. 우물물 퍼 씻고 또 씻어 샘가에서 가까운 집 된장을 퍼다가 쌈으로 먹기도 했다. 고작 그런 것을 입이 미어지게 먹으면서 깔깔깔 웃었다. 된장에 양념과 초를 넣고 버무려 된장 겉절이를 하기도 하고 김치를 담그기도 하고 흥건하게 물김치를 담기도 했다.

삼밭 사방에 뿌려둔 열무가 장마 지면 녹는다고 죄다 뽑아
집집이 큰 통으로 담아줬던 엄니는 이제 이 세상에 안 계시다.
긴 장마 동안 반찬 걱정 하지 않게끔 한 선물이었다. 커다란 그
릇을 열고 한 가닥 입에 넣으며 나는 몸을 떨었다. 좋은 날에도
몸은 떨릴 수가 있는 것이었다. 가끔 어깨에 목을 넣고 몸을 흔
드는 버릇은 좋았던 날의 기억 때문이다.

아침 출근길, 버스정류장에서 아주머니들이 전을 벌일 채비
를 하고 있었다. 양말 아주머니는 아직 전을 벌이지 않았고, 듣
는 아주머니는 열무, 호박, 노각 몇 개를 놓고 있었다. 덜어둔 열
무가 오천 원이라 해서 달라고 했다. 나를 알아본 양말 아주머
니가 채소 아주머니한테 "참 존 양반이여. 쪼까 더 줘" 해서 한
줌 더 얹어 받았다. 봤더니 벌레가 빨아서 구멍 천지다. 엄니는
벌레가 많이 먹은 것을 총포 구멍이 났다고 했다. 총으로 포로
쏴버린 것처럼 너덜해진 것을 말하는 모양이었다.

벌레 먹었다고 끔찍하게 느껴지지 않는 것은 내가 자랑스런
시골 출신이기 때문이다.

"농약 안 했어?"

그들은 묻고 답해주며 서로를 도왔다.

"농약 안 했다네."

양말 아줌마가 거들며 쌈 싸 먹으라고 했다. 하지만 벌레나 벌레 알을 입에 넣을 수는 없다.

그놈의 길거리 채소 파는 양반들의 농약 안 쳤다는 소리.

소금물에 절였다가 물김치 담갔다.

요새 뭐 확에 갈겠나. 밥, 마늘, 생강, 양파, 고춧가루 넣고 생수 부어 믹서에 갈아 소금으로 간 맞췄다. 누군가는 새우젓이 들어가야 한다고 말하고 또 누군가는 열무에는 젓이 안 들어가야 개운하다고 하지만.

비 오네

비 오면 엄마는 밀쳐두었던 것 꺼내듯 사방이 아팠다. 이리저리 몸을 뒤집으며 앓는 엄마가 그래도 집에 있어 좋았다. 학교에서 돌아오면 햇볕은 밀가루처럼 희게 마당으로 쏟아지고 그늘 쪽은 반대로 어두웠다. 적막의 공포를 달래주는 것은 고작 토방에 드러누운 누렁이였다. 한새들 밭에 갔을까, 영가등 밭일까. 그 밭도 다른 밭도 멀었다. 한번은 갔다가 내 눈에 콩밭 이랑은 아득하고 여러 고랑을 살펴도 엄마가 없었다. 다시 오는 집은 더 멀게 느껴졌다.

비가 좋았다. 주룩주룩 오면 엄마가 우리랑 같은 공간에 있었다.

아주 얌전하게 비가 한 사흘 오면 엄마는 멍하니 밖을 보며 말했다.

"인제 그만 와도 쓰겄구먼. 땅에 물도 잘 들었고."

비가 와 나갈 수 없으면 바쁠 때 쓰고 대충 던져두었던 헛간도 정리하고, 대청도 뒤집어 시렁에 얹을 것, 벽에 걸 것, 털어버릴 것, 작은 그릇에 담아둘 것을 개운하게 치웠다. 앉은걸음으로 방도 여러 번 닦고, 이참에 허리도 구웠는데, 날마다 일하던 사람은 더 누워 있으면 아픈 몸으로 되돌아간다. 거름 주어놨는데 씻겨버릴라나, 그놈의 징헌 풀 좋은 일 시키고 말래나, 침 묻혀 꼼꼼히 적어나가듯 엄마의 얼굴에 근심이 차곡차곡 얹힌다. 놀아서 좋은 것은 우리뿐이다.

빗속에 나가 어린 호박 따고 깻잎 따고 부추 잘라다 부침개 넓적하게 부쳐 갇혀서 떠드는 놈들 입 막아놓고 엄마는 자꾸 하늘을 보았다. 여기저기 쑤셔놨던 빨랫거리도 꺼내 쌓여 있는데 엄마는 뭣보다 그 전날 모종했던 것이 궁금했는지 헌 옷 골라입고 이내 참지 못한 채 밭 둘러보러 나간다.

비가 닷새 넘어가면 하늘도 욕먹고 만다.
"하늘도 미쳤구먼. 구멍 났나보네."

수제비 먹고 감자도 껍질 벗겨 하얗게 쪄주고 줄어든 옷도 늘려주면서 엄마는 여전히 문을 열어 하늘을 보며 도움닫기를 하고 있었다. 쉬면 못 사는 몸을 가진 어머니들이었다.

꽃도 예쁘고 맛도 좋은 유채와 자운영

가을에 심어 겨울 눈 속에서 추위를 견딘 유채는 봄이 되면 잎에 보랏빛이 감돌았다. 날이 풀리면 막 자라기 시작해 곧 동이 섰다. 통통한 꽃대를 꺾어다 무쳤다. 생으로도 맛있고 데쳐서 된장과 고추장에 주물러도 맛났다. 배추 꽃대는 좀 심심하고 무는 약간 매운맛이 있는 반면, 유채는 단맛이 꽉 차고 특유의 향이 있었다. 겉절이로 단연 최고였다. 그렇게 먹고 나면 남은 것들이 노란 꽃을 피웠다.

땅에 붙어 뻗던 자운영도 꽃이 예뻤다. 어느 것이나 꽃은 위로 돋아 하늘을 보았다. 날씨가 풀리면 자운영은 버럭버럭 자랐다. 연할 때 베어 나물을 해 먹었다. 논둑과 밭 언덕에 지천으로 자라던 먹을거리들. 들판에 가득한 것은 평화였다.

어버이날의 엄마들

아는 언니가 말한다.

"뭣하러 올 것인가. 여기 오느라 쓰는 기름 값 정도나 나 보내주면 지 아버지랑 곰탕이나 한 그릇 사 먹고 때우는 것인디."

이것은 경기도에서 개까지 데리고 온다는 큰아들한테 하는 얘기고, 서울 둘째네는 아이 셋 데리고 들이닥치는데 제 손으로 키운 손주 놈이 보고 싶어 한사코 막지 못하겠단다.

사실은 어버이날 늙은 엄마들도 지친다. 그렇다고 안 오면 섭섭하고 주변에 내세울 체면도 말이 아니다.

언니가 아침에 또 전화를 했다.

"게 사서 볶아놓고 낙지 열 마리 사두고 이웃에게 오만 원 줘 오리탕 끓이라 해 나눠오고 그랬네."

언니의 고달픔이 느껴져 내가 말한다.

"격년으로 지들 집으로 부르라 해요."

"내가 그렇게도 해봤제. 어쩨 그 소리에는 대답이 없어. 나도 올해만이여. 나도 죽겠어. 애들 가고 나면 이불 빨래는 세탁소에 맡겨. 더는 못 해."

부모는 늙는다. 뺄강몽땅 보듬어 어디 가서 재우고 먹이고 다시 제자리에 데려다놓든지.

"이 노릇 이제는 못 하겠어."

내 자식들이니까 보고야 싶지만 그들이 털고 뒤집고 가면 몇 날 며칠이 되어야 회복된다는 것이다.

"내가 늙는지를 몰라주네!"

인니의 소리가 쟁쟁하다. 그러나 또 웃는다. "봄에 흔한, 작은 사랑게 사서 냉동실에 넣었다 씻으려고 내놓으니 살아나더란 마시."

큰 발견이라도 한 양 말한다.

"사람도 냉동실에다 넣으면 다시 살아날까."

입이 부르텄다더니 냉동실에라도 들어가 눕고 싶은 모양이다.

사랑게를 낱낱이 씻어 기름에 이뤄 갖은 양념 뿌려놓고 한 개 집어 먹으니 맛나다고. 애들 먹이려고 한 개만 먹었다고.

엄마 살아 있으면 마늘쫑 뽑을 때다. 어느 날 엄마가 전화를 했다.

"너 마늘쫑 좋아 안 하냐."

그래서 갔다. 마루에는 아무것도 없었다.

"마늘쫑 준다며."

엄마가 내 손을 잡고 마늘밭으로 갔다.

"내가 아프면서 쫑 뽑으러 간다고 오빠가 머시라 해야."

마늘밭 고랑에 마늘쫑이 가득 든 정부미 포대가 서 있었다.

마늘쫑은 아침에 잘 뽑힌다. 엄마는 아침마다 가만히 나와 마늘밭에 있었다.

끌고 와 두루 나눠 먹던 엄마 살아 계시던 시절. 고기에 넣어서 볶기도 하고 아래에 깔고 생선을 지지기도 하고 잘라 간장과 물엿으로 졸여서 먹기도 하고 데쳐 새콤하게 무치기도 했다.

내일이 어버이날이라는 얘기다.

우렁

쇠죽 솥에 고구마 구워서 훅훅 불어가며 까주던 아재가 있었고, 들에 갔다 들어오면 우렁이나 메뚜기를 잡아 건네주며 놀게 하는 아재도 있었다.

어쩌다 눈에 띄면 주워오는 우렁은 몇 마리 안 되어 샘가 옹배기 물속에 담았다. 껍질에서 기어나와 더듬이를 움직이는 것도 봤다. 풀 하나 뽑아 긴들면 쏘옥 들어갔다.

아재는 엄마가 그릇에 물을 담아 놓아두는 뜻을 알고 논에 갔다 올 때마다 우렁이를 줍는 대로 옹배기에 던졌다. 좀 모이면 엄마가 빨랫방망이로 벼락을 치고 샘 바닥에 비벼 깨끗하게 씻었다. 우렁은 아무 데나 잘 어울렸다. 감잣국에 들어가기도 하고 무나 죽순을 넣고 새콤하게 무치기도 했다. 우렁만 추려 먹던 올깃졸깃한 맛.

죽상어가 생각나는 봄

노적가리를 풀어 탈곡하고 나면 농부는 낟알을 털어낸 짚을 마당 한쪽에 눌러 쟁였다. 짚벼늘도 비가 새면 안 되어 지붕은 물이 흘러내리게 했다. 그렇게 쌓아놓고 겨우내 헐어 썼다. 아궁이에 때는 나무가 되고 소먹이가 되고 외양간이나 돼지우리에 깔아 분뇨에 적시면 퇴비 간에 쟁여뒀다 내년 농사의 거름이 되었다.

똑같이 짚으로 만들어진 지붕이었건만 짚벼늘은 어린이들의 사랑을 받았다. 숨바꼭질을 하면 허청이나 잿간으로 들어가기보다 들킬 게 뻔한 짚벼늘 뒤로 돌아갔다. 같은 짚이어도 변소 지붕에는 고개를 저었지만, 짚벼늘의 고드름은 망설이지 않고 따 먹었다.

엄마가 봄이면 먹고 싶어하는 것이 있었다. 죽상어였다. 평상시에 늘 사 먹던 생선은 아니었다. 제사 때 샀다. 샘 바닥에 부려 놓고 뜨거운 물을 부어가며 짚수세미를 뭉쳐 마구 닦았다. 코도 이마도 얼굴도 지느러미도 꼬리도 막 문지르면 깔깔하던 검은 가죽이 다 벗겨지고 발그레한 속살이 나왔다. 그때 배를 갈랐다. 때로 노란 알이 나오거나 새끼 상어들이 나오기도 했다. 먹잘 것 없는 것들이 많이 나오면 배가 얇아져 어른들은 좋아하지 않았다.

실갈치조차 뻣센 가시가 있는데, 상어는 홍어처럼 전체가 물렁뼈로 되어 있어 못 먹는 것이 없었다. 지느러미는 뜨거운 물에 갈가리 찢기며 꼬부라졌는데 그 유명한 샥스핀의 재료가 된다고 선생님이 말해줬다. 또 제비집은 고급 요리의 재료가 된다고 했다. 나는 지푸라기와 섞여 동글동글 뭉쳐진 흙을 입으로 물어 날라 집을 짓던 우리 집 서까래 아래 제비집을 떠올렸다. 너무 일찍 알게 된 선생님의 상식에 나의 제비집 요리는 흙탕물이었다. 또 누가 제비집은 바위틈에 작은 생선으로 지은 것이라고 했을 때 멸치나 잡어를 보면 생각했다. 어떻게 집을 엮을까. 내 고민으로 보아 어설픈 조기교육이었다.

등뼈 쪽은 살이 두꺼워 칼집을 한 번 더 넣고 토막을 낸 다음

소금에 간해 짚벼늘에 던져 말렸다.

꼬들꼬들해지면 찌거나 구워 먹었다. 절대로 찢어지던 상어.

봄볕이 좋을 때 엄마는 제삿날이 아닌데도 상어를 샀다. 이제 막 돋은 파를 쫑쫑 썰어넣은 양념장에 찍어 먹기도 했다.

어린 우리는 상어 냄새가 싫었고 어른들은 그 냄새까지 좋다고 했다. 반드시 짚수세미와 뜨거운 물이 필요하던 우물가 상어잡이.

누에

누에가 자라고 커서 섶에 올라 고치를 만들더라는 얘기를 하려
는 게 아니다.

증조할머니가 실을 잣고 나서 어쩌다 바구니 밖으로 튕긴 고
치에서 나온 나방을 나는 보았다.

누에나방도 내가 봤던 나비와 같을 줄 알았다. 봄날 배추꽃
사이를 하늘거리며 날던 노랑나비 흰나비처럼 사랑스러운 모습
일 줄 알았다.

나방은 몹시 급하게 바닥을 더듬으며 맴돌았다. 끔찍했으며
화가 잔뜩 난 모습이었다. 아무튼 누에도 아니고 호호 불어가며
먹던 번데기도 아니었다.

앞이 보이지 않는지 아니면 너무 급했는지 나방은 초조하고
다급한 몸짓이었다.

나방은 몸뚱이 꼬리에서 알을 낳았다. 꼬리도 앞발과 마찬가지로 분주했다. 바퀴 하나가 빠진 비행기가 저렇게 갈까. 불안하고 위태롭고 정신 사납게 움직이고는 어디론가 막 가버렸다.

어느 날 물건을 치우다 발견한 나방은 구석에 처박혀 죽어 있었다. 다른 것은 흔적이 없고 날개만 남아 이리저리 흔들리고 있었다. 내 나이가 초등 저학년을 벗어나지 않았을 때다.

허무라는 단어를 아직 배우지 않았는데 훗날 허무라는 낱말을 접했을 때 그날 미칠 것 같던 그 기분이 바로 이 말 아니었을까 생각했다.

가슴 한쪽이 무너지는 것 같던 그 기분.

2장

여름

병어조림

병어는 제수용품이었다. 큰 풍년이 아니면 언제나 가격이 짱짱하다.

닥종이 인형을 만들던 김영희씨는 요리 솜씨가 타고나는 것이라고 했다. 어머니를 생각해보면 맞는 말일 수 있다. 어머니 음식은 하나같이 맛있었다. 초여름 동이 오른 갓을 소금에 간해두었다 무치는데 어디서도 맛볼 수 없는 것이었다. 엄마는 손끝으로 놉날품팔이을 부렸다.

요리는 기본 몇 가지만 알면 된다.

어느 해 방송에서 어떤 음식점을 소개했다. 거의 끝나갈 무렵 시어머니와 같이 나왔던 며느리가 마지막에 우리만의 비법은 못 알려드려요, 했다. 그때 시어머니의 냉갈령이 나왔다.

"너는 꼭 그런 소리 하더라. 우리가 비법이 뭐 있냐!" 비법이 양념을 넣는 감이라면 비법이랄 수도 있다. 그러나 음식이라는 것이 그뿐이지 무슨 다른 것을 더 넣어 비법이겠는가.

병어는 감자와 어울린다. 햇감자 나올 때가 병어 철이다. 감자보다 더 칼칼하고 개운하다며 무를 선호하는 사람들도 있다. 여름 무는 단맛이 덜하고 물을 많이 때도 설컹거린다. 그래서 가을처럼 도톰하게 썰지 않는다. 이럴 때 냉장고에 굴러다니는 호박이랑 고추도 병어 두 마리 위에 놓는다. 진한 뜨물에 집 간장, 마늘, 생강, 고춧가루 풀어 위에 끼얹는다.

불 세게 해서 끓으면 줄여 양념이 배게 한다. 파도 양파도 위에 얹는다. 짭쪼름하면 입맛이 돋아서 좋고 삼삼하면 국물을 후룩후룩 먹어서 좋다.

찰밥은 땀 흐른 여름에 골을 채운다고 했다. 팥은 삶고, 불려둔 검정콩과 땅콩 그리고 볶아서 껍질 벗겨낸 은행을 넣어 전기밥솥에 안친다. 물은 보통 때보다 아주 적게 넣어야 한다.

"엄마, 엄마, 문 열어요. 엄마 냄새는 다 좋아요!" 화장실에 있으면 문을 두드려대던 아들과 그 위 위태롭던 사춘기 딸, 공부

보다 먹는 것이 더 좋다던 또 다른 딸과 고집이 세서 내가 싹싹
손발 비벼 남의 집 보내야지 했던 큰 것까지 다 품을 떠나고 나
니 어쩌랴.

불동김치

이맘때 우물가에서 엄마가 자근자근 두드리는 것이 있었다. 마늘밭 고랑에서 뽑아 먹던 상추는 날이 더워지면 동이 쑥 올랐다. 마늘 뽑고 비워진 밭에서 상추는 머쓱하게 남아 서 있었다. 그들은 내년 씨앗이 되었는데 씨라는 것이 많이 필요하지는 않다. 반찬이 맞맞지 않을 때 엄마는 동이 선 상추를 분질러다 대를 방망이나 칼 손잡이로 깨고 쓴맛을 빼 김치를 담갔다. 우리집 불동김치였다. 아는 언니가 상추 실컷 먹고 뽑아낸다고 하길래 내가 좋아하는 김치가 상추 동선 것이라 했더니 갖다주었다. 두드릴 것도 없이 연했고, 추억이 떠올라 자근자근 해봤다. 그리고 익어도 좋고 생것으로도 좋은 김치를 담갔다.

상추 키워 먹는 분들, 상추꽃도 예뻐요. 그대로 꽃꽂이 해보세요. 뭔 꽃이냐고 다 물어요. 당근 꽃도 예뻐요. 그대로 한 송이 꺾어 신부 손에 쥐어주면 어떤 부케 못지않아요.

내 친구는 상추를 그릇에 담아 끓는 라면을 부어 먹기도 한다는데. 무슨 맛이냐고 물으니 먹어보기만 해보라고, 자신 있다고 하네. 그만 겁먹어 색이 변하고 부들부들 떨다가 곧 기절해버리나 씹어보면 소리는 맹랑하다고. 싸각싸각!

보리 주면 외 안 줄까

우리 고장에서 쓰는 말이다. 나이는 두어 살 위고 동학년인 순
범 아재는 보리를 수확하길 기다렸다가 퍼서 싸 들고 들 건너
월야 복숭아밭에 갔다. 가던 중 경찰을 만났다.

"너희 들고 있는 게 뭐야."

부모가 허락해서 가지고 온 아이도 있지만 대부분 군입정^{군것}
질까지 장려하는 시골 형편들은 아니어서 몰래 담아 집을 빠져
나온 아이들이었다. 과수원 울타리 위로 복숭아는 익어가고, 있
는 것이라고는 타작해둔 보리뿐이어서 마을 또래들은 날을 받
고 시간을 정해 소리 없이 모여 들을 건넜다.

경찰은 모조리 지서로 불러들이고 어디에 사느냐며 윽박질
렀다. 우리 것 퍼온 것이지만 잘못일 수도 있었다. 어느 마을에
사는지와 더불어 이름과 나이를 물었다. 아이들은 벌벌 떨며 물

음에 대답했다. 경찰에게도 그다지 별일이 없는 평화로운 고장이었다. 들은 노란 보리가 잘리면 그만큼 연두색 벼가 채워졌는데 지금은 보리가 아주 조금 남고 모내기가 끝나가고 있었다. 바쁜 만큼 술 먹고 게걸 부리는 사람도 드물고 치고받아 경찰서 문을 밀고 들어오는 사람도 없었다. 경찰은 일없이 아이들을 불렀고 정복 입은 사람들의 위용을 보여주고는 순방했다.

순범이의 나이를 듣더니 "이 자식 조끄만 놈이 나이는 무명씨 백이듯이 꼭꼭 찼네" 했단다. 별일이 아니게 끝나고 복숭아까지 잘 먹고 왔는데 누가 발설해 그 소문이 돌았다. 우리 마을은 집성촌이었다. 어른들은 살그머니 부아가 났다. 순범이가 자장궂기는 했다. 키는 작아도 야물고 갎은 밤처럼 곱게 생겼다.

"지가 순경이면 순경이제 지가 헐 말은 아니제. 지 집서 보리철에 한 되 퍼서 사 먹기로서니 지가 뭔데 머시라 머시라 해. 글고 인제 크는 아이들잉게 앞으로 두고 보면 얼마나 클지 어떻게 알고 함부로 말해."

이제까지 남의 집 담장을 훌떡 넘어 덜 익은 과일 가지도 꺾고 참외 서리도 잘한 허물은 어디로 가고 서로 편역을 했다. 찾아가 따지지는 못하고 등 돌리고 서서는 누군지 모르는 월야면 순경이 괘씸하다고 야단들이었다. 우리 마을 사람들은 우리가 쥐어박을지언정 남이 어쩌는 꼴은 못 봤다. 아이들은 어른들의 역성으로 보리 한 됫박쯤 퍼낸 것은 별 잘못이 아니라고 생각하게 되었다. 그들의 행동거지는 짓궂은 말썽에 지나지 않아서 경찰서 문을 넘는 일은 없었다.

어릴 때는 학교에 내는 돈이라면 모를까 물물교환을 많이 했다. 장날엔 쌀 이고 가 생선 사고, 마른 고추 들고 가 '가을 김장 준비했냐'고 물어 포목전에 가서 필요한 것과 바꾸기도 했다.

그때 나는 사금파리로 마당에 금을 긋고 있었다. 나는 이제 외발로도 서고 두 칸을 한 번에 뛸 수도 있었다. 이쁜 아낙이 독 그릇을 팔러 왔다. 어떻게 그렇게 쌓을 수 있는지 크고 작은 항아리, 반대기, 너럭지, 시루, 동이를 지게에 잔뜩 싣고 있었다. 여자는 걸어 들어왔고 지게를 진 남자는 저만치 멈춰 있었다.

엄마는 살 생각은 하지 않고 친정이 어디며 성씨가 뭐냐고 물었다. 그 성씨로 점店으로 시집을 갔느냐고까지 말했다. 울 엄니는 살면서 그릇 굽는 사람들 얕잡는 말을 여러 번 했다. 점 것들, 상것들…….

고운 여자는 고분고분 답해주며 우리 집 처마 아래 기대어 쉬었다. 그릇을 지고 온 남자는 받쳐둔 지게 아래에 앉아 있었다.

그릇을 빚고 구웠던 여자는 고개를 돌려 우리 집 텃밭을 보고 있었다. 길쭉한 가지가 주렁주렁 열려 있었다.

"가지가 잘되었네요."

가지는 연할 때 얼른 먹어야 할 채소다. 지금이야 보라색 가지를 크게 쳐주지만 그때는 그렇지 않았다. 그러니까 농업학교 교과서에서도 무, 배추, 호박 다 열거한 뒤 가지는 끝에 살짝 언급했다.

암튼 먹기가 열리는 것을 못 따라가는 가지였다. 더구나 우리 집터는 심어만 두면 뭐든 잘되는 땅이었다.

엄마는 자꾸 말 시킨 그 고운 여자에게 그러잖아도 좀 귀찮았던, 우리 식구는 먹지도 않는 늙은 것까지 주섬주섬 소쿠리 가득 따 주었다.

여자는 좋아하고, 말없이 아슬아슬하게 쟁인 지게 아래 앉아 있던 남자는 묶은 줄을 풀어 엄마에게 그릇 여러 개를 내려 선물했다. 그들이 가고 엄마는 옹골져하며 장독으로 가 몇 개의 뚜껑을 바꿔 덮기도 하고 살강에 엎어두었다. 아버지 내장탕이나 추어탕 그릇으로 쓰기도 했다. 오지그릇은 흰 사기보다 온기를 오래 품었다.

어딘지 모르게 점등에서 여기까지 온 젊은 예술가 부부에게 우리 엄마가 좀 야박했지 싶은 기억. 시원한 마루에 앉히고 밥이라도 좀 줘서 보내지. 여름 반찬 많았잖아. 동이 선 갓 간해두고 여름에 무쳐 먹던 것, 가을이면 처마 서까래에 주렁주렁 걸어 꼬들꼬들 마르면 소금 넣고 단것 넣어 몽근 쌀겨에 묻었다가 꺼내 먹었던 엄마가 말하는 다꽝도 있고, 일찍이 천경자 선생이 말한 물에 말면 모조리 낱개로 떨어지던 꽁보리밥에 풋고추면 어때. 어릴 때 기억을 책장처럼 잘 넘기다가도 그날은 펼친 페이지를 쉬이 못 넘기는 날이다.

묵은 김치 콩나물국

김장독을 열었는데 잘 삭은 냄새가 아니고 역겨운 신 내가 날 때는 봄 속에 여름이 섞이고 있을 즈음이다.

엄마는 두어 포기 남으면 그냥 덮어두었다. 대대손손 짭짤한 살림살이를 이어온 터지만 새 항아리를 열었다. 우거지 많이 걸어내고 속의 것들을 꺼냈다. 작년에 겨울을 넘기기 위해 담근 것들은 이제 묵은 것이 되어가고 있었다. 봄을 겨냥한 독은 크지 않고 소금 간이 더 셌다. 가장 추운 응달을 골라 앉혀두었는데 한 번 열면 향기롭던 잘 익은 냄새는 얼른 군내를 내기 시작했다. 그만큼 날이 더워지면 저장식품은 못 견뎌했다.

아는 이의 남편은 입이 짧다. 잘 버는 사람이 입이 한갓져 손이 덜 가니 부러울 뻔했는데 술이 과하다.

엄동설한에 인도와 차도를 구분 짓는 턱에 고개를 떨구고 앉아 있다가 발견된 적도 있다.

그가 잘 먹는 것은 멸치 우린 물에 묵은지 종종 썰어 끓이다가 콩나물 한 줌 넣어 마저 익힌 것이다. 그는 군소리 없이 그 국에 밥을 부어 말아 먹고 나간단다.

"어째 물리지도 않는대요. 항상 맛있대요. 내가 먼저 죽으면 그 비법은 안 갈차줄라요. 새로 온 각시가 나 생각 안 나게 끓일 깜쏴라."

오늘 나는 멸치 넣고 끓이다가 다시마 두 쪽 넣고 얼른 우려 냈다. 묵은지 한 번 헹궈 종종 썰고 콩나물도 있으니. 좀 홀렁홀렁해야 좋다. 뿐이랴. 냉이 한 줌에 김치를 넣어도 되고 보릿국에도 김치가 좋다. 김치가 조금이라 심심하면 냉이나 보리의 간은 된장으로 한다.

새우젓 종지기 속의 새끼 복어

엄마는 꼭 상에 새우젓을 놨다. 돼지고기를 삶은 날도 아니고 풋고추나 열무, 나물과 된장국만 있는 상에도 빠지지 않는 것이 새우젓 종지기였다.

상을 여러 닢 즐비하게 놓고 밥 먹던 시대, 마루의 어느 상에서 뭔가가 마당으로 던져졌다.

그 시절 밥상머리에서는 어른들의 근엄한 훈계만 있을 뿐 먹는 소리 외에는 내는 것이 아니었다. 뉘가 있거나 돌맹이가 나와도 가만히 상 위나 빈 그릇에 담아둬야지 그걸 던지는 일은 몹시 되잖은 짓이었다.

누군가가 뭐냐고 묻자 던진 사람이 "먹으면 죽는 것"이라고 했다.

밥을 한 엄마는 당황한 기색이었다. 그러나 마당에까지 던져

버리는 일이 있었으니 그 죄도 적지 않았다.

상을 물리고 끌리듯 나가 마당에 던져진 것 앞에 쭈그려 앉았다. 등은 까맣고 배는 희며 볼록한 아주 작은 생선이었다. 그것이 새우젓 속에 들어 있었다.

죽는다는 단어가 코앞에 바싹 다가와 있어 정신이 아찔했다. 상에 빠지지 않고 나왔던 새우젓에는 아주 작은 게도 있고 갯강구 비슷한 것도 들어 있었다. 엄마는 상이 밋밋하다는 생각이 들 때 파 몇 개를 썰어 고명을 올렸다. 그럴 때 새우젓에 섞인 것들을 골라내기도 했는데 이번에는 빠진 모양이었다.

그 한 점으로 요원한 줄만 알았던 죽음이라는 단어에 이를 수 있다니 정신이 혼미해졌다. 그만 내가 그것을 날름 입에 넣을 것 같아 나를 못 믿는 혼란에 빠졌다.

작은 복어 앞에서 도무지 정신을 차릴 수 없었던 그 여름의 마당. 정말 먹었다면 덩치 큰 삼촌이나 아재가 마루에서 뻗어버렸을까.

무렴한 얼굴로 어쩔 줄 몰라 하던 엄마에게는 아무도 죄를 묻지 않았다. 어른 앞에서 던지는 무엄함이 더 컸을까.

나만, 나 혼자만 죽음이라는 조그만 물고기에 잡힐까 잡을까

심히 정신이 흔들거리고 있었다.

　겨우 배탈이 나 기다리던 삼밭의 익모초가 꽃피던 여름 그 평화로운 날에 나는 뭔 짓이었나. 머리 푼 귀신보다 더 큰 무서움으로 오장육부를 떨어대고 있었으니.

멸치젓

이른 아침 외는 소리를 들어보니

"멸치젓 담아요!"였다.

확성기가 대세인데 그녀는 생목으로 외치고 있었다.

젊은 날 짭짤하게 살림을 하던 이모는 "어떻게 한 것인 줄 알고 사 먹어야, 담아서 먹어야지" 했다.

그렇게 나를 종용해 멸치젓을 담게 했다. 주택이라 수돗가에 나무 궤짝을 엎고 물에 두어 번 헹궈 소금에 버무린 뒤 항아리에 담았다. 초가을쯤 잘 봉해둔 것을 열면 냄새가 고소했다. 속에서 붉게 삭은 멸치를 꺼내 고춧가루, 매운 고추, 마늘 편 썰고 파랑 깨를 넣고 무쳐 먹었다. 한더위를 지내고 먹을 것이 맞맞잖을 즈음 잘 익은 멸치젓은 잃은 입맛을 돌려주었다.

이모는 옆에 서서 지시했다. "한 궤짝에 소금 두 되! 멸치가 고봉이면 소금도 고봉! 위에는 소금을 더 찌고!" 그 말대로 한 것은 실수가 없었다. "거봐라. 담에도 그렇게 하면 돼!"

나는 이모의 짭짤함만큼은 받아들이지 않았다. 나는 믿었다. 아껴서 부자 되지 않고, 쓸고 닦는다고 뭐 별거 있나. 아 몰라, 나는 이층에 우두커니 서서 난간을 딛고 건너가도 될 만큼 가까운 이층끼리 빨래고 밥상이고 한없이 늘어놓은 채 이야기 삼매경에 빠졌다. 딸을 키우고 날씬하던 이웃집 그 여자는 지금 늙어서 무엇을 할까. 아무리 봐도 그 여자가 남자를 잘못 만났다는 생각이 들었다. 술 먹고 들어와 사방이 툭 트인 이층에 살며 소리를 그리 질러대던 그 남자는 버릇을 잡았을까.

언제부턴가 시댁 시골의 농협에서 멸치를 취급했다. 20년도 더 넘은 일이다. 먼저 이장을 통해 주문하면 어느 날엔가 마을에 실어다주었다.

때맞춰 사기도 어렵고 사면 이고 지고 와야 하는데 잘되었다 싶었던 마을 사람들은 주문을 했다.

회관 앞에 트럭이 싣고 온 멸치를 내리기 시작했다. 하필 그 날은 모내기에 마을 사람이 거의 다 동원된 날이었다. 이장이 마을 방송으로 멸치 주문한 사람은 가져들 가라고 했다. 그때 마을 사람들은 이미 논에 있었다. 집에 있다 해도 밥을 해 들로 이고 나갈 사람들뿐이었다. 이른 아침 시작되는 농번기에 멸치를 실어다 씻어 소금 쳐 담을 시간은 없었다. 방송으로 외다 지친 이장도 들로 나갔다. 오후에 들어왔을 때 하루를 햇볕에 쌓아둔 멸치에는 동네방네 쉬파리들이 모두 모여 노닐고 있었다. 이미 쉬를 잔뜩 슬어놨고 흰 벌레가 벌써 꾸물거리고 있었다. 유월의 더위는 여름 못지않았다. 사람들은 다 손을 내저었다. 물건도 받을 수 없고 돈도 낼 수 없다는 것이었다. 이장은 속이 상했다. 그러나 그대로 두면 냄새가 나고 파리 떼는 더 날아들 것이기에 하는 수 없이 마침 비어 있는 큰 항아리에다 쏟아부었다. 그리고 소금도 대중없이 가마니로 털어 부었다. 이장은 야속했다. 묻지도 않고 가져온 농협이나 다 모르쇠로 털어버리는 마을 사람들이나 서운하기는 매한가지였다. 그러고는 잊었다.

가을이 되었다. 이장 부인은 식구가 적어지면서 너무 커서 장항아리로도 쓰임새가 없이 비어 있던 항아리가 생각났다.

열어보니 뭔 일이냐. 고순 내가 진동을 했다. 저절로 군침이 돌았다. 붉게 폭 삭은 멸치젓을 가만히 젖히니 청강수처럼 맑은 젓국이 솟구쳤다. 이장 각시는 모내기 철에 부려둔 멸치 궤짝을 보고 발을 동동 굴렀던 사실을 잊었다. 두고 혼자 다 먹을 수도 없었다.

"양푼들 가져오시오! 퍼다가 김장들 해요!"

이장은 또 방송을 했다.

깡냉이

깡냉이가 더 어울리는 이름이었다.

옥수수는 대의 마디에 숨어 컸다. 잎사귀 속에서 어느 날 드러낸 머리를 흔들면서 컸다. 몸이 불룩해지면서도 한참을 기다리게 했다.

철이다. 시골에서 자란 나도 지금처럼 옥수수를 많이 먹고 살진 않았다. 이유는 우리가 직접 생산한 것 외엔 먹기가 힘들었기 때문이다. 돈이 귀했다. 시골 사람들은 대부분 자급자족했다. 지금은 시도 때도 없이 옥수수를 판다. 아버지는 연한 것을 좋아하고 오빠랑 나는 똑똑 여문 것을 추렸다. 내가 결혼하고 나서 엄마는 늘 전화했다.

"옥수수수염이 다 고시라졌다."

오면 꺾어 쪄 먹자는 말이었는데, 시간을 지킬 때도 있고 지키지 못할 때도 있었다. 엄마는 우리를 기다리느라 제때 못 먹었다. 그 뒤 어느 젊은 농부가 알려줘 옥수수를 한 이랑씩 일주일 간격을 두고 심었다. 일주일 차이로 익어 한꺼번에 씨알이 굳어 먹을 수 없게 되는 일은 없었다. 너무 익은 옥수수는 털어서 볶아 차를 만들거나 튀밥을 했다.

언젠가부터 어머니는 옥수수를 심지 않았다. 크고 길진 않지만 엄마 옥수수가 먹고 싶어 물었다.

"왜 이제 안 심는가."

"심는 것이야 일 아니다. 먹고 나서 대를 잡을 기운이 없다."

미처 생각 못 한 것이다. 옥수수는 공기 뿌리까지 있어 굳건하게 땅을 움켜쥐고 아래로 뻗었다. 뽑아내야 다른 작물을 심는다. 우리는 어머니를 갉아먹는 물컷이었다.

된장

고을마다 집집마다 반찬 해 먹는 방법은 다르다.

여름은 뭐니 뭐니 해도 된장이 좋다. 탈 나기 쉬운 시절에 소화 잘되고 영양도 그만했다. 고추나 마늘, 양파를 날된장에 찍어도 먹고 어디나 넣어 무치고 끓였다.

열무에 된장과 식초를 넣어 상큼하게 무쳐 먹기도 했다.

엄니가 산 밑 침쟁이네 집 갔을 때 그 동네 아는 사람 집에 들렀는데 갔다 와서 흉을 봤다. 남자가 들에서 때가 지나 들어왔는데 그 집 아내가 달랑 된장에 고추 몇 개 상에 내놓더란다. 일하고 들어와 저것을 먹을까, 했는데 밥 한 그릇을 고추에 된장 찍어 싹 쓸어 먹고 일어나더란 것이었다. 나는 엄마가 말하는 고봉데기 보리밥 한 그릇과 풋고추와 된장을 머릿속에 그림으로 남겼다.

저명한 화가 천경자의 수필에 물에 놓으면 붙는 거 하나 없이 풀어지는 꽁보리밥에 풋고추와 된장이 여름 밥상 풍경에 나온다. 엄마가 간 그 마을은 산이 높고 물이 맑다. 샛노란 된장에 싱싱한 고추는 먹는 것 잘 삭이는 건강한 젊은이에게 최고의 반찬이었을 것이다.

냉장고 없던 시절 자칫하면 여름 음식은 위험했다. 뒤란 한쪽에는 익모초가 있었다. 이즈음 잎겨드랑이마다 작은 꽃이 피었다. 설사, 배탈의 단방 약으로 우리 가족을 지키고 서 있었다.

된장만큼은 탈이 없었다. 우리의 된장은 약이었다. 상처에도 바르고 체해도 물에 걸러 마시게 했다.

가을일의 끝은 메주를 쑤는 것이었다. 잘 삶은 콩을 찧어 메주를 만들고 더운 방에 띄웠다. 이것으로 장을 만들고 된장을 만들었다. 한여름 멸치 비벼 넣고 온갖 채소 넣은 진하고 짭조름한 찌개도 좋고 가을이 되어 무시래기 넣고 삼삼하게 끓인 홀렁한 국도 좋다. 매운 고추 두어 개가 맛을 확 살린다.

수박 한 통 때문에

삼촌, 오빠, 나, 우리 셋은 자취하고 있었다.

아버지가 영양 보충 시킨다고 돼지를 잡아 새지 않게 짱짱한 요소푸대에 담아오셨다. 솥에 담아 물 붓고 앉혀라, 해서 연탄불에 올려놓고 공부하다 잠들어버렸다. 아버지 역시 깜박해버리고 솥조차 쓸 수 없이 태운 것을 아침에야 냄새 때문에 알게 되었다. 아버지를 배웅하면서 울었다. 가져오신 아버지한테 미안해 돌아서서 눈물을 닦는데 또 잡으면 가져오마고 달래고 가셨다.

무슨 수박이 여름도 오기 전에 그렇게 큰지 모르겠다. 아이들 어릴 때는 한 통 사면 냉장고에 들어갈 새도 없었다. 이런 일기도 썼다. '보고만 다니던 수박 값이 툭 떨어진 날 한 통 잘라 다 먹이고 이튿날 이불 빨래 하느라 혼났다.'

수박 값이 두렵지 않은 지금은 커서 걱정이다. 두고두고 먹을 수는 없지 않은가. 얼른 못 사 먹는 이유다.

딸이 전화를 했다.

엄마 수박 있어요? 하더니 내가 식당에 있을 때 통에 잘라 담아왔다. 이렇게나 하면 먹기 좋지, 하고 받았다. 마침 집까지 실어다준단다. 집에 도착해 내리다가 그만 통을 떨어뜨렸다. 뚜껑이 열리면서 무정하게 한 조각도 남기지 않고 바닥에 넓게 흩어져버렸다. 퇴근해서 엄마에게 달려와 수박 먹이려 한 딸에게 미안해 견딜 수 없었다. 안타까워할 딸의 마음 때문에 나는 여러 번 미안하다고 했다.

딸은 가고 나는 집으로 올라오면서 그 옛날 아버지가 생각났다.

우리 딸, 아버지 꼭 안고 싶다.

나이 먹은 감나무

크지 못할 감은 감꽃을 바닥에 무수히 쏟아놓고 일찍 떨어졌다. 겨우 감 모습을 한 것들도 어느 정도 크면 꼭지를 나무에 두고 떨어졌는데, 벌레 먹거나 가지끼리 부딪쳐 상처 나거나 병든 것들이었다.

때는 방학이어서 산으로 들로 뛰고 개울에서 멱 감고 시골 아이들은 눈만 빤한 검둥이가 되어갔다. 먹인 것 변변찮아도 뛰면서 크고 구르면서 크고 친구 밑에 깔려 터지고 코피를 닦으면서도 컸다. 갈빗대가 선명히 드러나고 아랫배는 움푹 꺼졌다. 아이들은 눈을 굴려 먹을 것만 찾았다. 먹을 것이라면 맛을 가리지 않았다. 땅으로 구른 감도 주우면 일단 베어 물었다. 떫고 빡빡해서 도저히 목구멍으로 넘어가지 않으면 던져버렸다.

여름 매미는 징하게 울었다.

우리 집 장두감나무는 지붕보다 높이 어깨를 벌리고 있었다. 거기에 오르면 동네가 다 보였다.

방학이 끝날 무렵이면 골붉은 감이 떨어졌다. 그것 역시 어쨌거나 성치 않았다. 나무에 끝까지 남아 장대로 따 추운 겨울 항아리에서 진홍색 홍시가 되어 오장을 서늘케 할 것들은 아니었다. 그것들은 절푸덕 제 몸이 떨어지는 소리를 냈다. 우리는 떨어지는 감 소리만 들어도 큰 것인지 작은 것인지 알았다. 이제부터 들기 시작하는 단맛에 아이들은 열광했다.

사립문을 가만히 들어올려 밀면 소리가 안 났다. 새벽을 틈타 동네 아이들은 그렇게 뒤란을 더듬어갔다.

할머니는 가끔 그 감나무의 위기에 대해 말했다.

"난리 때 어떻게나 많이 열려 등처럼 환하게 붉더란 말이다. 저 집! 눈여겼다가 밤에 반란군이라도 올까봐 베어버릴까 했니라."

철이 늦어 사과도 푸르고 배도 맛이 덜 든 추석, 할머니는 풋감을 땄다. 소금 넣은 미지근한 물에 담가 아랫목에 두고 우렸다.

떫은맛만 빠진 감도 제사상에 올라 떳떳한 몫을 하는 과일이었다.

3장

가을

오이나물

가을이 지나갈 즈음 채소의 마음도 급하다. 검고 매끄럽던 가지
도 키를 키우기보다 속에 든 씨를 익히기에 바쁘다. 고추도 한
여름 생이 몇 겹으로 남아 있을 때 씨가 연해 풋고추 씹는 맛이
좋았다.

늦은 오이가 많이 나오는 때도 가을의 초입이다. 껍질을 벗기
고 속도 빼고 양념한 물이 다글다글 끓으면 넣고 몇 번 휘저어
담는다. 익은 듯 덜 익은 듯 씹는 맛도 있다. 식혀 먹어도 좋다.
색처럼 깨끗한 맛이다.

물을 아주 조금 솥에 붓고 간장 마늘 파 넣고 먼저 끓였다. 물
이 솥 벽에서 파삭거리는 소리를 낼 즈음 미리 얄팍하게 썰어둔
것을 쏟아부었다. 현대의 요리사들은 오이를 십자로 자른 속에
쇠고기를 볶아서 끼워 넣어 오이선을 내놓는다. 내 것은 고기가

들어가지 않아 시원해 국물을 홀짝거리며 먹었다. 생으로도 먹고 익혀도 먹는 것이 오이다. 물이 많아서 어릴 적 물외라고 불렀다.

눈이 와서 채마밭 것들이 모두 녹아 없어지기 전까지 그곳에서 끈질기게 반찬을 구했다. 무를 채 썰어 쌀 아래 놓고 밥을 지을 때는 참기름을 듬뿍 부어 양념장을 했다. 무밥은 밥을 미리 푸고 식구를 기다리지 않았다. 가족을 상에 대기시키고 밥을 떠주었다. 무밥은 식으면 맛이 없었다. 그리고 비벼야 맛이 났다. 콧등에 땀 흘리며 밥을 먹을 때는 무밥이거나 오랜만에 닭을 잡아 가마솥에 끓인 날이었다. 엄마나 할머니는 닭을 먼저 건져 찢어 식구들의 그릇에 고루 담아주었다. 지금은 안 먹는 껍질이나 내장, 심지어 삼각형의 기름샘이 있는 곳까지 부드럽다고 어른 국에 놓이던 때 닭 한 마리쯤 잡아 보신을 했다. 벼를 베고 등짐을 하고 도리깨질을 하고 지붕을 이고 눈이 아주 내려 마당에 쌓이기까지 어른들은 한 번쯤 소복이라는 이름으로 고깃국을 끓였다.

아직 소반에 콩을 깔아놓고 조각나거나 벌레 먹은 것을 골라내야 하는 일이 남아 있었다.

가을마당

가을에는 켜켜이 말아 쌓아두었던 멍석이 다 나와 마당에 펴졌다. 뿐만 아니라 가마니든 대야든 뭐든 햇볕을 담을 만한 것이면 들에서 수확한 것들을 말리는 데 동원되었다.

가마니에서는 녹두나 팥이 펴지고 멍석에는 벼를 말렸다. 녹두는 푸르고 팥은 붉고 울타리 콩은 검었다. 마당은 총천연색이었다.

지금처럼 건조기나 저온 창고가 없을 때였다. 곡식은 일 년에 한 번 수확했고, 잘 말리는 것이 저장 시간을 늘리는 비법이었다. 창고나 대청에 두기도 하고 장독 항아리에 담아두기도 했다. 여름 항아리는 햇볕에 달구어져 뜨거웠다. 그 속에 마른 고추나 나물거리를 두고 꺼내 썼다. 그러나 긴 장마가 지면 거기 것들도 장담을 못 했다. 벌레가 끼고 나방이 날아들었다. 주부의 일은 한두 번으로 끝나지 않고 첩첩이었다.

마당을 가장 많이 차지하는 것은 보리나 벼였다.

마당에 곡식을 가득 널어둔 날, 어른들은 들에 가며 일렀다.

"닭 봐라."

닭은 먹을 것이 많은 날 두엄자리나 시궁창에서 발로 긁지 않았다. 호시탐탐 멍석으로 와 먹고 구석에 들어가 앉아 있거나 졸다가 다시 나왔다. 닭은 얌전히 먹고 물러가는 동물이 아니었다. 먹을 것이 잔뜩 있는 곳에서도 발로 마구 헤집어 멍석 바깥으로 곡식을 흩어지게 했다. 그렇게만 하는 것이 아니라 배불리 먹은 똥을 곡식 위에 싸지르기도 했다.

닭 보는 일은 쉬운 것이 아니었다. 어른들은 긴 장대를 마루에 걸쳐주었다. 앉아서 닭이 오면 흔들라고 했다. 그런데 닭은 장대를 흔드는 것쯤은 무서워하지 않아 달려가 쫓아야 했다. 또한 가지 임무를 더 주었는데 곡식을 한번씩 저어주라는 것이었다. 하루 종일 널어둔 대로 두면 위는 마르고 아래는 마르지 않았다. 어른들 없을 때 거지라도 들어오면 어쩌나 싶어 무섭고 지루하고 졸린 시간은 얼른 가지 않았다.

일도 아닌 것 같던 닭 보기. 일없이 우물을 퍼보기도 하고 찬장을 더듬어보기도 하다 잠시 울기도 했던 하루.

어른들은 당그레둥글레를 멍석 옆에 두고 갔다. 그걸로 가끔 곡식을 저으라는 것이었는데 어린이가 마음대로 움직일 수 있는 연장이 아니기도 했다. 그래서 발로 저었다. 나락이나 보리의 바닥까지 발을 묻고 앞으로 걸어가는 것이었다. 곡식은 발등과 복숭아뼈를 스쳐갔다. 그러고는 돌아서서 다시 오고 옆으로 옮겨 또 나아가고를 반복했다. 발로 저으면서 기술이 늘었다. 네모가 되기도 하고 작은 네모 둘을 만들기도 했다. 벼는 까스럽고 한여름에 말리는 보리는 발이 데일 것처럼 뜨거웠다.

수확하는 것도 중요하지만 잘 말려 다음 곡식이 나올 때까지 먹는 것도 못지않게 큰일이던 그 마당의 어린이 몫. 재주가 날로 늘어 큰 동그라미도 만들고 네모랑 세모도 여러 개 만들었던 멍석 위의 그림 그리기였다.

내가 좋아하는 깨랑

졸졸 흐르는 물을 좋아했던 버릇으로 중심천에 잘 선다. 비가 오면 물살이 만들어낸 모래톱에 이름 모를 풀이 뒤엉켜 자라는데 엉겅퀴도 있고 여뀌도 있었다.

톱에 떠안긴 것들이 비옥해서 풀들이 잘 자랐다. 언젠가는 풀 속에서 열매를 달고 서 있는 토마토를 발견했다. 어린 시절 나의 개똥참외를 발견했을 때처럼 가슴이 철렁했다. 다른 풀들이 가을을 준비하느라 이삭을 떨어뜨릴 때도 푸르게 살아 있더니 서리에 몸을 눕히고 말았다. 방울방울 맺은 열매도 함께였다. 어딘가에서 왔듯이 또다시 큰물에 휩쓸려 흘러흘러 기름진 어느 곳에 일찍 뿌리를 내리고 빨갛게 열매를 익혀보아라, 빌어주었다.

비가 한바탕 오고 나면 마을 앞 좁은 깨랑은 아주 깨끗해졌다. 평소에도 더럽지 않았다. 설쯤 돼야 여기저기 쑥 삶은 것 같은 물이 잠시 까맣게 흘렀다. 그뿐이었다. 방죽에서부터 내려오는 물에 대바구니를 받쳐놓으면 새우가 걸렸다.

우리는 그런 곳에서 살았다. 엿장수가 헌 고무신, 구멍 난 냄비, 닳은 연장, 빈 병을 다 거두어간 그런 곳에서.

갖고 싶은 것이 있었다. 꼭 있었으면 하는 것은 빈 깡통이었다. 보름날 불놀이는 깡통을 가진 아이들 곁으로 모여들었다. 옆구리에 구멍을 내고 불붙인 나무를 꽂아 넣고 줄을 달아 돌리면 활활 탔다. 그 아이는 불씨를 나눠줄 수 있었다. 불깡통을 가진 아이는 의기양양했다. 지금은 못 하게 막는, 논두렁 태우기가 있던 시절이다.

엄마는 작은 고기를 눈쟁이라고 했다. 장을 넣고 초벌을 끓이는데 익으면 눈이 툭툭 튀어나왔다. 방죽에는 여러 고기가 많았다. 납작한 붕어, 약으로 쓰던 잉어, 수염이 긴 메기, 쏘이면 몹시 아픈 빠가사리, 미끄덩 빠져나가던 장어, 오색 빛이 나던 각시붕어, 우리가 길러보면 가장 오래 살아남던 검은 지느러미의 이름 모를 고기.

어디 물가에 행락 갔을 때 사람들이 긴 쇠줄에 꿴 고기를 끌고 왔다. 우리 하천의 토종 물고기들을 다 잡아먹는 블루길과 베스라고 했다. 우리가 겨울이면 잡아먹고 대야에 잠시 기르기도 했던 각시붕어나 피라미의 안부가 궁금해졌다. 내 고향 방죽에도 저 괴물들이 판치고 있을까.

가을걷이가 끝나면 방죽의 물을 뺐다. 물이 빠지면 고기를 바께스로 퍼 담았다. 힘이 센 어른이라고 더 가지지 않았다. 그 시절에는 공평했다. 검사나 판사 없이도 잘 나누었다. 큰 고기는 큰 것대로 작은 고기는 작은 것대로. 식구가 많은 집은 나누는 사람의 전권으로 눈쟁이를 두어 그릇 더 퍼주었다. 엄마는 샘가의 큰 질그릇에 담아 며칠 해감을 했다. 물고기들은 등지느러미를 보이고 빽빽이 담겨 입을 뻐끔거렸다.

처마에 걸쳤던 시래기를 거둬 가장 많이 삶을 때가 방죽을 푼 다음이었다. 그즈음 비가 온 뒤 마을 앞을 지나는 깨랑에 바구니를 받쳐 잡았던 토하는 소금에 간해두어 빨갛게 익었다. 찰밥과 함께 갈아 양념을 했다.

가장 즐겁던 놀이터 노적가리

벼를 베면 논바닥에 눕혔다. 기구로 왜낫, 조선낫이 있었는데 일을 잘하는 상일꾼은 조선낫을 썼다. 왜낫은 가볍고 공장에서 찍어낸 것이며 조선낫은 무쇠로 성냥간에서 두드려 만든 것으로 보였다. 샛거리새참를 먹을 때 그 집 주인이나 일꾼은 일하러 온 사람들의 낫을 거둬 숫돌에 갈았다. 그들이 고개를 숙이고 낫질하면 삭삭삭 베는 소리가 났다. 경쾌하고 깔끔한 소리로 포기의 밑동을 자르고 한 줌이 되면 뒤돌아 내려놓았다. 노련한 일꾼은 뒷모습도 달랐다. 가지런하고 질서정연하게 놓아 뒤집거나 묶기에도 좋았다. 마르면 한 번 뒤집은 다음 묶어 논둑에 삼각형 낟가리로 쌓았다가 져 날랐다. 비가 오면 이런 일은 한없이 늘어졌다.

지게로 져 들이던 날 몇 개의 나락비늘볏가리이 마당에 만들어졌다. 높고 둥그렇게 쌓아올리고 이엉을 덮은 다음 한동안 내버려두었다. 추워지기 시작한 마당이 훈훈해지고 아이들은 사이를 끼어 다니며 숨바꼭질을 했다. 어른들은 집에까지 왔으니 잊어버리고 우선 다른 일들을 했다. 고구마를 캐고 콩을 뽑고 깨랑 들깨를 털었다. 탈곡이나 등짐이 마을 농사를 많이 짓는 사람과 겹치면 안 되었다. 날이 궂을 징조면 한없이 다급했지만 그런 조율은 모내기부터 있어왔다.

농사라는 것이 잘 짓는 것도 중요하지만 수확에서 탈곡 창고에 잘 들여놓기까지는 안심을 못 했다. 농부는 경사가 심한 밭 언덕도 허투루 두지 않았다. 끄트머리에 호박을 심고 벼랑으로 유도해 넝쿨을 뻗게 함으로써 모든 땅을 짯짯하게 벌었다. 이른 봄부터 퇴비 넣고 똥물 부어 삭혀둔 호박구덩이에서 자란 애호박을 실컷 따 먹고 가을이 되면 잎 아래 숨겨져 있던 것들이 노랗게 익어 나뒹굴었다. 땅벌이라는 것은 돈으로 환산할 때는 박하기도 했지만 북데기짚이나 풀 따위가 뒤섞인 뭉텅이로만 보자면 숱했다.

찬 바람이 불던 늦가을, 마당에 앉힌 몇 개의 노적가리는 지붕 높이와 맞먹었다. 노적가리와 노적가리 사이의 좁은 틈은 요새였다. 우리는 깍깍 소리를 지르며 어둠 속에서 숨고 서로를 찾아냈다.

여름과 가을 겨울

여름비가 오려고 하면 모기가 극성을 부렸다. 구름이 내려와 꽉 막고 있고 날려버릴 바람 한 점 없으니 떼로 몰려들었다. 마당을 싹싹 쓸어 모아두고 아재는 부러 풀 한 뭇을 지게에 얹어 들어왔다. 비늘에서 빼온 마른 보릿짚으로 불붙이고 아까 아재 등에서 춤추며 들어왔던 생풀 얹어 연기를 냈다. 멋쟁이 아재는 일부러 쑥도 섞어왔다. 큰 죽석 부채를 부쳐 멍석 쪽으로 한 차례 연기를 몰아 모기가 얼씬 못 하게 한 뒤 불꽃은 죽이고 연기만 잠잠히 피어오르게 했다. 쑥 향도 났다.

어른들은 이슬에 축축해진 옷을 다렸다.

열무 뽑다가 쌈도 싸 먹고 밀가루 반죽 늘려 두리반에 썰어 놓고 마당 한편 백철 솥의 물이 끓기를 기다렸다. 마당을 쓰는 것은 꼬마둥이의 몫이었는데 어쩌다 뒹굴던 희나리 고추라도 쓸려 들어가면 칼국수 먹던 가족은 어른들까지 캑캑거렸다.

경험과 생각이 없는 꼬마둥이는 한번 호되게 얻어듣고 그 짓은 또 하지 않기 위해 쓸데없이 마당 쓰는 속도만 느려졌다.

모시옷 구김이 굵고 닿는 느낌이 까칠해지면 가을이 오는 중이었다. 잠자리는 무리 지어 비행했다.

우리 집은 깻잎을 가을 초입에 땄다. 지금처럼 비료나 농약을 많이 쓰던 때가 아니었다. 일단 잎이 지금처럼 어른의 얼굴을 덮을 크기가 아니었고 커봐야 아기 손바닥 정도였다. 따서 장이나 소금에 삭혀두었다가 그냥 먹기도 하고 양념 발라 먹기도 했다.

밭의 것들 하나도 없던 시안겨울. 우리는 그렇게 다독다독 쟁여진 것들을 먹었다. 노랑물이 사알짝 들기 시작할 때 절여둔 깻잎을 한 장 집어들면 마당을 날던 잠자리 날개처럼 짱짱하게 수평으로 일어났다.

모르는 사람은 백번 말해도 모르겠지. 그러니까 단풍이 들기 시작할 때가 적기였다니까.

만드리

지금 사람들은 모를걸.

　엄마가 좀 쉬게 되었던 시간이 이쯤이지.

　들녘에 한바탕 소나기가 지나면 벼의 숨 쉬는 소리가 들릴 지경으로 막 크고 색깔은 검푸르게 짙어졌잖아.

　어른들은 말했어.

　한사코 낮에는 덥고 밤에는 기온이 내려가야 여물이 잘 든다고. 치자면 농부는 그 식물이 만드는 여물을 얻기 위해 온 들을 휘젓고 다닌 셈이지.

　일하는 아재들도 시정에서 낮잠을 자는 시간이 길어졌어.

　삼베 등지기가 꿋꿋하게 설 지경으로 풀 먹인 것이 그만 몸에 찰싹 붙어 돌아오던 아재들은 여름에 흘렸던 땀을 동청에서 한나절 자는 것으로 돌려받는데 모습이 나란히 누인 주검 비슷했다고 하면 너무한가. 볕에 탈 대로 타 검기까지 했으니까.

벼는 이제 논에 꽉 차서 발을 넣을 틈도 주지 않았지만 뿌리를 밟아서는 안 되기도 했고, 약이 찬 날카로운 잎이 찌르기도 하고 베기도 해 살갗이 쓰려 들어가지 못했어. 저를 가꾸어준 벼도 배동 시에는 이삭을 위해 사람의 보살핌을 거부했나보지?

엄마도 좀 틈이 났어. 땅을 짓는 사람들은 앉아서도 들을 보고 있었지. 이제 사람이 할 일은 다 하고 나머지는 하늘의 뜻이라고 했어.

해는 뜨겁고 바람이 덜 불고 서리가 일찍 내리지 않기를 속으로 기도했어. 그러나 하늘은 누구도 몰라. 이제 날씨만 도와주면, 하고 더욱더 조심스러운 간절함으로 몸까지 조신하게 했어.

좁은 논둑을 징 치고 꽹과리 치며 어른도 아이도 다 돌았어.

마지막 김매기가 끝나고 사다리에 태우거나 하다못해 무등이라도 태워 들어오면 할머니랑 엄마가 고구마순 뜯고 물외 무치고 정월 배 닭 여러 마리 잡아 삶아 먹였잖아. 그렇게 먹고 몇 날 휴가처럼 쉬었어. 우리가 뛰놀던 시정에 어른들이 쭉쭉 뻗고 잠들어 있었어.

엄마, 밭도 이제 꽉 차서 엄마가 잠시 고구마 밭 맬 일도, 콩 밭 맬 일도 없어 느릿느릿 보냈던 만드리만도리. 마지막 김매기 즈음이네.

그런데 그 시간도 잠깐이었지. 깨가 터진다고 키 들고 나갔어. 먼저 익은 녹두도 뛔야진다고 하나하나 따러 갔어. 많지도 않아 가마니 한 닢 펴놓고 말렸어.

그놈의 곡식들은 엄마에게 틈을 안 줬지. 벼만 짓지 않고 콩 농사만이 아니고 일 년 열두 달 꺼내만 먹어도 될 것들이 들에서 싹트고 푸르게 자라서 거두어 쟁였잖아. 오뉴월 하루가 한겨울 열흘이라고 했던가. 땀 흘리는 여름 한 철이 있어 한겨울 누워먹을 수 있다고 굳게 믿고 있었지.

엄마, 엄마가 뭐랬는지 알아? 밭 가장자리에 심은 동부를 따러 갔을 때 내가 아직도 많이 남았다면서 징징거렸잖아. 엄마가 "요것보다 두 바퀴도 더 돌 만큼 남았으면 좋겠다" 했다고. 뭐니 뭐니 해도 송편 소는 동부가 좋고 죽도 한 번씩은 팥과 또 다른 맛이라고 삶아 걸러서 쒔잖아. 그리고 콩은 울타리 타고 오르는 것이 제일이라고 하지 않았어? 시장에서 전에는 보지 못했던 콩들을 팔아. 묻고 싶데. 너도 울타리를 오르는 콩이냐?

욕심도 많았어.

한 줌이라도 쥐고 갔어?

팔월 보름 아침나절에 핀 꽃까지는 붉은 고추

옛사람이 물었다. "고추는 언제 열린 것까지 먹습니까?" 어른이
대답했다.

"팔월 보름 아침까지 핀 꽃은 붉어지니라."

딱 맞는 것은 아니었지만 그 꽃의 열매가 붉기를 기다려 고
춧잎을 따기 시작했다. 다른 때 따는 것과 몹시 달랐다. 끄트머
리 연한 잎, 꽃이 막 떨어져 생길락 말락 한 고추, 때로 애기 손
가락만 한 것도 쓸려 들어갔다. 연한 것을 좋아라 했지만 남자
들은 때로 그 속에서 찾은 매운 것도 즐겨 먹었다. 대체로 잘무
룩한 고추를 넣지만 몇 개쯤은 독한 것을 일부러 넣기도 했다.

가을 일이 많아 고춧잎 따는 시기를 깜박 놓칠 수도 있었다.
어느 날 무서리가 내려버리면 고추밭은 뜨거운 물에 데친 모습
이 되었다. 서리 내리는 때를 귀신같이 맞힐 수는 없었다. 그럼

그해 고춧잎 한 가지는 없이 살았다. 아무리 다른 것이 많아도 한 가지가 없는데 그것이 먹고 싶다면 근천스러운 것이었다.

빠짐없이 구비하는 것이 안주인의 슬기였다. 여자들은 틈으로 반찬거리를 준비했다. 열매들이 여름을 다 보내고 나서 느닷없이 씩씩하고 풍성해지는 경우가 있었다. 시기와 온도가 맞을 때 늦물이 넘쳐나게 달렸다. 계절이 늦게 오는 법은 있어도 안 오지는 않았다. 열매는 시간과 햇볕이다. 열었다고 다 먹는 것은 아니다. 늦물이 풍성한 것은 아쉬움을 주었다. 먹고 남은 가지를 길게 갈라 빨랫줄에 걸치고 호박은 썰어 담 위나 탱자 가시에 찔러 말렸다. 늦게 열리는 것은 살이 얇고 씨가 많았다. 푸르고 탱탱한 고추는 소금에 절이기도 하고 된장에 박기도 했다. 본격적으로 겨울 음식을 준비하기 전에 할머니나 어머니는 고춧잎을 훑었다. 작은 고추나 꽃들이 섞인 것을 소금물에 눌러두었다.

할머니는 가을이 한창인 바쁜 틈에 무를 뽑아다 납죽납죽 썰어 마루 한쪽 볕 드는 곳에 굴려두었다. 한번씩 뒤적거려 꼬들꼬들 마르면 무청 연한 것, 배추 속잎을 살풋 간해 꼭 짜고 삭혀 둔 고춧잎과 함께 집장을 만들었다. 찰밥과 메주가리, 새 고춧가루, 소금과 조청으로 되직하게 버무려 따뜻한 곳에 두었다. 익으면 곧 들어올 뜨거운 쌀밥에 어울리는 반찬이었다. 밥에 한 숟갈 얹어 비비면 맵고 달큼한 맛이 어른은 물론이고 아이들까지 덤비게 했다. 걸쭉한 국물도 맛있고 매콤하게 씹히는 작은 고추나 고춧잎, 쫄깃한 무, 설컹거리는 무청, 배춧잎 다 맛있었다. 맵지만 당기는 맛이었다.

추운 겨울, 불 지핀 방에서 더운 쌀밥에 시뻘건 집장을 먹었다. 우리는 주로 배춧잎이나 무를 즐겨 먹었고 어쩌다 고춧잎에 작은 고주가 달려 나오는데 엄살을 치며 못 먹는 척했다. 어른들은 자신들이 가져가고 대신 우리가 좋아하는 것들을 골라 밥에 얹어주었다.

지금 집장이 그립다.

쌀 이야기

어느 해 할아버지는 그해 벼 품종으로 농림 6호를 택해 심었다. 농림 6호는 만생종이었다.

할아버지 시대 얘기가 기억나는 것은 우리가 시정이나 마을 앞에서 고무줄이나 모래주머니 던지기를 할 때 집의 어른들이 나와 곧잘 들을 보고 서 있었기 때문이다. 초조한 얼굴이었다. 먼저 벼를 거둬들이고 밭을 서리지설거. 겨울을 대비해 수확한 것을 거두는 일 했다. 그해는 할 수 없이 밭의 것들을 먼저 거둬들였다. 그러고도 들을 보고 섰지만 벼가 아직 익지 않았다.

나라는 봄 여름 가을 겨울이 있어 조생종의 개발에 역점을 두었다. 겨울은 당연히 냉해를 입었다. 쌀은 어느 정도 보관이 가능하지만 그러지 못하는 채소는 겨울에 먹기 어려웠다. 비닐하우스가 생긴 것은 겨울을 없애 사시사철 먹기 위해서였다.

훗날 식구들은 앉아서 논에 전부 농림 6호만 심었던 해를 얘기했다. 그해 추위가 늦게 왔다. 걱정스럽게 앞들 논을 봤지만 벼는 시퍼랬다.

조생종은 맛이 덜하다. 시간을 보내며 더위도 추위도 알곡에 더 깃들인 것이 맛이 낫다. 할머니 친구 봉산댁 감은 서리 맞아야 맛이 드는 것이 있었다. 다른 감이 익을 때 푸르고 쌕쌕하던 것들이 익으면 기가 막혔다. 사람들이 그 집 것 하나 얻기 위해 기웃거렸다.

다행히 농림 6호는 누렇게 물들기 시작하고 모가지가 깊숙이 고개를 숙였다. 농림 6호는 소출이 많이 나오지 않았다. 밥맛은 뛰어나나 농촌지도소 그런 데서는 권하지 않았다. 나라 전체에 먹거리가 부족하던 시절이었다. 너무 늦어서 추위가 올까 걱정 돼 내다보는 마음이 조마조마했다는 얘기는 곧잘 어른들 회상 속에 끼어들었다.

기억이 분명하지는 않다. 나라는 국민의 식량에 관심이 지대했다. 사도미노리, 아끼바레는 일본에서 육종된 것이었을까. 아버지는 사도미노리를 택해 심기로 했다. 관에서 이래라저래라 하지는 않았지만 마을에서 대농이라는 집에 관심을 두었다. 지도소 직원이 와서 물었는데 아버지는 나가고 할머니만 있었다.

"개덕_{기억}이 안 나요. 거 뭐시라 합디다만."

다음 날도 또 다음 날도 아버지는 나가고 집에 있는 아낙들은 대답을 못 했다.

"오늘도 오면 말이오, 사또네 며느리라고 하셔. 알아들을 것이오."

그래서 내가 사도미노리라는 품종을 기억하고 있는지 모른다.

밥은 아주 중요한데 우리는 벼를 잘 모르고 지낸다. 벼에서는 쌀이 열린다. 지금은 건너뛰는 게 잦지만 안 먹으면 못 사는 밥을 만드는 것이다.

내가 아는 어떤 선생님이 큰 화분에 모를 얻어다 심고 물이 있어야 할 때와 뺄 때를 농부에게 물어가며 정성껏 길렀다. 학교 마당의 벼가 익었다. 선생님은 낫을 샀다. 아이들에게 베게 했다. 벤 다음 말리고 홀태를 구해 훑었다. 이삭을 낱낱이 손톱으로 까 아이들에게 쌀눈도 보여주고 생쌀도 맛보게 하고 밥을 지어 나눠 먹었다. 듣고 울 뻔했다.

사과

환자가 생기면 죽을 쑤거나 사과를 갈아 먹이던 것은 내 어렸을 때의 방식이다. 오래 병석에 있는 친구의 남편이 좀 호전되었다기에 기뻐하면서 무엇으로 구완을 했냐 물으니 사과를 많이 먹였다고 했다. 몸이 나아지니 자연 기억력이 많이 회복되었다고 했다. 그는 기술자였다. 기계농이 시작되기 전에는 논을 소가 갈았다. 무조건 소가 가는 것이 아니었다. 쟁기가 채워지고 소가 끌면 사람이 뒤에서 조정을 했나. 이 세 가지는 그냥 되는 것이 아니었다. 쟁기도 땅 밥을 잘 넘기게 설계되어야 하고 사람도 노련해야 그것을 붙들고 조정하며 소가 나아가게 하는 것이었다. 그는 쟁기를 만드는 사람이었다. 뿐만 아니라 손대면 못 하는 것이 없었다.

"사과라면 트럭으로도 못 먹이겠냐."

친구를 위로했다.

어느 날 이모가 와서 엄마에게 문간방에 세든 여자에 대해 말했다.

"별스런 여자를 다 봤어. 서방한테 그렇게 잘해. 병든 사람인데 끄니마다 소고기 사다 해주고 밥 먹고 나면 사과를 갈아줘. 그런 젊은 여자 첨 봤어."

엄마에겐 아픈 남편을 위해 하는 그런 일이 당연했지만 도시서 오래 산 이모는 그런 것도 다시 보는 사람이었다.

그 별스런 사람은 우리 고모였다.

고모의 아버지는 한창나이에 세상을 떴다. 학식과 덕망을 갖춘 분이 죽자 사람들은 그 집을 걱정했다. 그 부인이 워낙 눈을 내리깔고 살림이나 하는 사람이라서 어린 자식들과 어떻게 일을 차고 나갈지 걱정이었다. 과년한 딸도 있었다. 그러잖아도 넋이 나간 어머니에게만 맡길 일이 아니라며 걱정했지만 뾰족한 수가 없었다. 고작 스물다섯 정도였는데 그때는 꽉 찬 나이였다. 어찌하여 고모는 결혼을 하고 나서 잊혔다.

이런저런 얘기 끝에 우리와 친척이라는 것을 알고 셋방 가족과 주인은 각별해졌다. 엄마는 이모를 보면 막 부탁하고, 선량한 이모 역시 따뜻하게 해주고 방세를 올릴 생각도 없었다.

"그런디 왜 그런 집으로 여웠으까결혼시켰을까. 그 아짐이 남편 죽고 살림도 기울어 그작저작 여웠나."

"하도 남편이 기운을 못 차리고 아파서 전에 지그 아버지 친구 의원한테 갔더래여. 진맥을 오래 하고는 골방으로 손짓하여 부르더라네."

"그래서?"

"갈려버리라고 했다여. 병이 깊다고 이각하기 힘들다고. 애도 없으니까 다른 사람 같으면 이말 못 한다고까지 함서 신신당부 했다네. 나한테 울면서 그 말 다 했어. 그런디 일부종사하고 여필종부하는 것이라 듣고 배우고 살았는디 어찌 그럴 수 있겠더냐고."

"병들었다고 갈리는 법이 어디 있간디."

결혼해서 그 고모랑 근방에 살게 되었다. 우리에게 차분히 앉아 얘기할 시간은 없었다. 고모는 늘 서성거렸다. 아이가 셋이었다. 우유를 배달하고 길에서 물건 판촉을 하는 고모와 나는 손바닥을 스치는 정도로만 만났다. 돈이 되는 것은 다 하고 뛰어다녔는데 길에서 보는 고모부는 여전히 얼굴이 검고 약했다.

아이들이 학교를 졸업하고 서울에 취직되면서 고모는 아이들 살림을 해주러 떠나고 간간이 소식만 들렸다. 셋이 좋은 직장에 다니고 따로 사는 어머니에게 생활비를 듬뿍듬뿍 주며 뭉쳐 효도한다고.

고모가 날 보러 왔다. 우리는 서로 안았다. 젊어서는 거의 길에서 살아 고모의 얼굴도 검었는데 이제는 하얗고 살이 올라 너무 흐뭇했다.

"아가, 사과 많이 먹어라. 사과가 독이 없고 좋은 것으로 안다. 막 선전해대는 것 말고 사과 먹어."

그래, 사과다.

아무튼 고구마순

못 먹어본 사람이 대부분이다. 먹어보고 말하자.

아침부터 고구마 줄기를 벗겼다. 남편이 제일 좋아하는 것이다. 마늘 생강 고추 새우젓 보리밥 멸치젓을 갈아 담는 옆에서 남편이 말했다.

"맛은 어머니가 돌확에 갈아 막 무쳐낸 것이 최고였는데."

말할 것 있는가. 그러나 아침부터 능률 안 나는 일 하는 것을 보면서 그런 말 하면 안 되지. 고구마순은 술술 벗겨지는 것도 있고 아닌 것도 있어서 소금물에 살짝 간했다 벗긴다. 몇 시간을 벗겨 겨우 작은 통 하나 채웠다.

엄마 계실 땐 가끔 부탁했다.

"엄마, 나 오늘 갈게. 고구마순 김치 담아줘."

큰 걸로 한 통을 담아줬다. 남편과 달리 우리 집에서는 크게 반찬으로 치지 않았다. 거기에만 젓가락이 가는 사위를 보며 "그것이 그리 맛날 거나" 하기도 했다.

엄마는 어느 날 내 부탁에 얼른 대답하지 않았다. 전화를 끊을 때쯤 "알았다" 했는데 집에 가니 벗겨진 줄기가 한 바구니 있었다.

"깨도 뛔야지기¹벌어지기 시작하고 배추밭에 물도 줘야 하는디 니 전화가 와서……."

철없는 나는 나쁜 딸이다.

"바쁘다면서 언제 이렇게 다 했어?"

"얼른얼른 큰 줄기 쳐다가 나무 밑 노인들께 갖다줬다. 바빠 죽겠는디 혜숙이가 먹고 싶닥 헌다고 했드니 다 달라들어 깠단다."

"보리 방아 물 부어놓으니 죽은 시엄씨 생각나드라고"는 그리 큰 도움이 아니어도 하는 일 없지 않았다는 말이다. 지금 안 계신 엄니는 딸이 아이들 잔주름을 키울 때 막강한 도움을 주었다. "노는 나도 벗기기가 성가신걸. 깨도 베어야 하고 녹두도 먼저 익은 것 따야 하고 죽은 무, 배추도 때워야 하는데 딸년은 이것저것 먹고 싶다 했으니……."

어느 날 고구마순을 벗기다 질려 나머지는 버리려고 한 적이
있다. 다시 생각하니 아까워 삶아서 생선 아래 넣고 지졌다. 그
럴 때는 껍질을 벗기지 않아도 되었다. 어느 날은 딸에게 그런
반찬을 해보라고 했다.

"엄마 목젓을 걸고 넘어갈려 하네."
"잘 조려야지. 목젓 넘어갔냐? 좀 질기지만 오래 지지면 쫄깃
쫄깃 맛있어."
"봉서방이 잘 먹네. 맛있어."
찬바람이 나면 수분이 적어 질길 수밖에. 그래도 맛있다.

모시

보리를 심고 아욱을 심고 콩을 심고 토란을 심고 고추를 심고
마늘을 심고 파를 심고 오이를 심고. 농사에도 과학이 필요했
다. 마늘밭이 영원히 마늘밭은 아니며 고추가 내년이나 후년에
도 그 자리에 있으란 법은 없었다. 그들은 자리를 바꿨다. 좀처
럼 안 바꾸는 것은 토란이었다. 토란은 그늘지고 습해도 상관없
었다. 이것들을 알아내는 것은 경험이었다. 고추밭은 위로도 가
고 아래로도 가고 다른 밭으로도 갔다.

　자리를 안 바꾸는 것이 또 있었다. 모시밭이다.

　모시는 한두해살이 풀이 아니어서 앉은 자리에서 늘 돋았다.
봄에 그것은 여기저기서 멋대로 싹이 돋았다. 어른들은 먼저 나
왔다고 그대로 두지 않고 움쑥움쑥 나오는 것들을 낫으로 베어
버리고 나란히 키웠다.

모시는 먹는 풀이었지만 아무 때나 국으로 나물로 먹진 않았다. 단 한 번 추석 때 송편을 해 먹었다. 송편을 위해 모시밭을 두지는 않았다. 모시가 자라면 베어 잎을 떼고 겉껍질을 벗기고 속껍질에서 섬유질을 찾아 삶고 말리고 가늘게 째서 한 올 한 올이었다.

이것을 짠 것이 모시베였다. 한여름에 잠자리 날개처럼 가볍고 바람 통하는 옷을 만들어 입었다.

누군들 더운 날 시원한 옷 입고 싶지 않을까. 모시밭이 있고 그 일에 시간을 들일 수 있는 사람들이 입었다. 모시는 일 년에 두세 번 쳐내 여러 과정을 거쳐 실을 얻고 베틀에 앉아 짰다.

지금 길쌈으로 모시를 기르는 곳은 거의 없다. 떡으로 영업을 하는 고장만 어디를 가나 모시밭이 있을 뿐이고 그 노동과 정성을 들일 분들은 이제 마을에 계시지 않는다. 추석이 오면 연한 잎을 뜯어 삶아 쌀가루와 찧어 송편을 만들었다.

늦가을 해를 넘기는 쓸쓸함을 달래주는 국

이런 국 끓여봅니다. 탑탑한 쌀뜨물에 이제 둬봐야 필요 없는 호박 넝쿨 거둬다 연한 순을 손으로 막 쥐어뜯거나 비벼 넣고 된장 풀어 끓이는 겁니다. 요리 연구는 끊임없이 거듭되었지요. 달달해지고 지글거리는 고기 말고는, 이쁜 그릇에 모양 낸 거 빼고는, 뭐 혹해지는 거 있습디까. 서리 맞으면 단단하게 웅크린 이제 꽃 떨어진 지 얼마 안 되는 호박이랑, 맺혔으나 노릇을 못할 꽃이나 잎과 덩굴손이 마구 들어간 된장국. 오늘 저에게 호박 심은 비탈진 밭이 있겠습니까만 가끔은 그런 것들이 시장에 나옵니다. 추워서 단단해진 호박은 달고, 좀 뻣센 줄기는 끓이면 부드럽습니다. 속으로 들어가면 오장이 편해지는 느낌입니다. 그런 국을 한 그릇 먹은 날 심중도 편안해집니다.

이런 국 먹고 배탈 난 사람 없습니다.

살림살이

여자들은 전천후였다.

가을걷이가 끝나면 메주를 쑤었다. 소반에 메주콩을 펼쳐놓고 덜 여물거나 벌레 먹은 것, 쪼개진 것들을 골라내고 물에 불려 삶아 찧어 네모반듯한 메주를 만들었다. 바닥에 치고 때려 만들면서 "좋게 해라. 그래야 예쁜 자식 낳는다", 구슬리고 건들면서 노동을 무겁지 않고 즐겁게 했다. 말이야 쉽지, 잘 불려야 하고 불을 때는 데에도 정성이 많이 들어갔다. 콩물이 마구 넘쳐 영양가 있는 물을 버려서도 안 되고 그 물속에서 뜸을 들였다. 짚을 깔고 메주는 따뜻한 방에서 띄웠다.

찹쌀과 콩과 밀로 동글납작하게 빚은 다음 가운데 구멍을 뚫고 새끼줄로 꿰어 매달아둔 것은 고추장이나 집장, 묵덕장에 쓰는 메줏가루용이었다.

보리를 불려 추운 곳에 내놨다가 들여놓고 덮어 물 주기를 여러 번 반복해 싹을 틔우면 햇볕에 말려 비볐다. 뿌리를 털어내고 빻은 것이 엿기름이다. 엿기름은 식혜를 하는 데 없어서 안 되는 것이었다. 먼저 식혜를 한 다음 식혜에서 밥알을 건져내고 그 물을 농축시킨 것이 조청이다.

여름이 오면 밀을 거칠게 갈아 누룩을 디뎠다. 물을 약간 뿌려두었다가 대접에 헝겊을 깔고 담은 다음 다시 덮고 발로 디뎠다. 뒤꿈치에 힘을 주어 디뎠는데 헝겊을 풀어놓으면 대접 모양으로 가운데가 우묵했다. 누룩은 술을 하는 데 필수였다. 술은 아프고 슬픈 것이 되기도 했지만 제사 때 올리는 것이어서 어느 집에서나 없애지 못했다. 농경사회에서 술의 힘은 컸다. 누룩이 뜨면 찧어 가루로 만들어두고 썼다.

고두밥 준비는 술을 하기 위한 것인데 아이들도 좋아했다. 시루에 찐 밥을 풀 때 주변을 기웃거리는 어린이들에게 어른들은 한 줌씩 뭉친 밥을 주었다.

술이 많지 않을 때는 키에 밥을 펼쳐 식히고 많을 때는 도리멍석이 나왔다. 밥이 어느 정도 식으면 누룩을 붓고 두루 섞었다. 항아리에 담고 따뜻한 물을 붓고 아랫목에 이불을 덮어두었다.

술은 익으면서 소리를 냈다. 멀리 비 오는 소리, 들에서 들리는 개구리 소리 혹은 낙숫물 소리가 소란스럽게 났다가 그치고 얼마 지나면 술이 되었다. 여름에는 짧고 겨울에는 길었다.

"잘 익으면 술이 용수 자리는 내주는 것이다."

할머니가 하던 자신만만한 소리.

가운데는 물이 많고, 삭을 것들이 항아리 벽으로 몰려 있었다. 용수를 박아 맑은 술을 떠낸 다음 항아리는 밖으로 나가 물과 섞여 뽀닥뽀닥 치대면서 걸러졌다. 막걸리였다.

송씨 아재는 감나무 아래서 장작을 패고 있었고 할머니는 엄마를 불러 명령했다.

"쬐까만 멕여라."

송씨 아재는 술이 과했다. 도끼를 들고 있어서 일이라도 날까봐 할머니는 알아서 따라 먹던 주전자를 다 못 채우게 했다.

호박

한때 호박이 유행했다. 몇 해에 걸쳐서는 매실이 떴다. 사람들은 안 먹으면 죽을 듯이 덤비다가도 금세 시들해졌다. 폭등과 폭락은 기울어지는 마음에 따라 움직였다.

호박은 많이 열리는 작물이다. '호박도 안 달린다'는 푸념을 듣다가도 찬바람 나면서 먹는 것이 못 따라가게 열리는 경우도 있었다. 그런 걸 두고 '늦호박이 씌었다'라고 표현했다. 줄기가 마르면 추워져 얼기 전에 주워다 쟁였다. 마루에 늘어놓거나 창고에 쌓아두면 좀 덜 익은 것도 색이 고와졌다. 호박은 줄기에서 완전히 익고 서리가 올 무렵 따면 달다. 덜 익은 것은 덜 익은 만큼 덜 달다.

어느 해 가을걷이가 끝나고 먼 데 도시 친척이 왔다. 손님이 가고 나서 엄니 얼굴에 희색이 만면했다.

"가득가득 쟁여두고 그냥 보낼 수 있냐. 뭘 드릴까요? 하니 형수 저 호박이나 몇 덩이 주세요 해서 실어주니 좋아하더란 말이다. 전에는 참기름이라도 줘야 덜 서운했는디 깨는 잘 안 나오는 것이라 누구는 주고 누구는 안 주기도 그렇고, 주고 보면 남은 것이 얼마 안 돼서 일 년을 댈 일이 걱정이었는디 좋더란 말이다."

어무니의 호박 봉물이 마냥 오래가지는 않았다. 호박이 좋다고 떠드는 통에 먹었다가 다시 시들해졌기 때문이다.

일단 호박은 북데기가 크다. 큰 것 잡으면 먹을 것이 많다. 어려웠던 시절 호박은 구황작물이었다. 먹어보고 죽지 않으면 다 먹었던 슬픈 시대, 소나무도 벗겨 먹고 풀뿌리도 캐 먹었다. 나는 호박을 좋아한다. 가을 구석에 무심히 두어도 훌륭한 풍경화였다.

어중간하게 늙은 호박이 무슨 맛이냐, 하는 사람들이 있다. 물론 애호박이 전 부쳐도 좋고 볶아도 좋다. 늙은 호박은 죽 쒀 먹기 좋다. 애호박에서도 한참을 벗어나고 늙으려면 아직 먼 호박은 갈치나 고등어조림이 좋다. 숟갈로 뚝뚝 잘라 밥 위에 으깨감서 먹는다.

임플란트라는 말은 세상에 없었고 틀니도 하기 어려웠던 시절 노인들은 거의가 합죽이었다. 잇몸으로만 먹을 음식을 대령하는 것이 자식의 도리였다. 부엌의 수저통에는 반쯤 닳은 놋수저가 있었다. 어린 우리는 무엇이나 그 수저로 긁었다. 사과나 배, 심지어 무도 반으로 길게 쪼개 긁어 증조모 입에 넣어주고 남은 것은 물에 배처럼 띄워가며 놀았다.

이가 없는 어른이 계신 집은 음식 할 때 국물에 비중을 두었다. 무엇이나 자박자박 물컹하게. 고우고 졸여서 소화력 약한 어른을 봉양했다. 가지는 껍질이 질기고 오이는 잇몸을 선뜩하게 해 호박만 한 것이 없었다.

물천어 지짐

물천어는 우리 동네서 민물에 사는 고기다.

"거그는 물천어 나오 *끄나*."

어무니 살았을 때의 말이다. 어디 갔을 때 있으면 사오라는 말이기도 하다. 우리 동네 장은 불갑 저수지가 가깝고 이런저런 농사용 방죽이 여럿 있고, 월야는 함동 저수지가 있고 그곳도 크고 작은 방죽이 있어서 물천어가 흔했다.

"반찬 못해먹는 년들이 붕어 눕히고 비늘 벗기는 법이다."

우리 동네는 민물고기의 비늘을 벗기지 않았다. 바닷고기는 벗기되 민물고기는 벗기면 비린내가 심하다고 믿었다.

물천어에는 저울이 없다. 오목한 대접이나 접시에 담아 한 그릇에 얼마 하고 팔았다.

찬바람이 나면 농사지은 쌀 흔하고 엄니는 뜨건 밥에 시래기를 걸쳐 먹거나 푹 물러진 무를 밥숟갈로 눌러 잘라 밥에 놓고 뚝 떠먹고 싶어서 장에 가는 사람에게 묻곤 했다.

"요새는 잘 안 나와."

엄마 세상 떠나기 전부터 시장도 전 같지 않았다.

농촌 풍경도 달라져 고거 잡아다 쪼그리고 앉아 팔 사람도 없고 입맛만 남아 있다.

우리가 무엇을 먹고 있으면 엄니는 물끄러미 보았다.

"그것이 그리 맛나냐."

피자나 짜장면을 먹을 때 표정은 더했다.

"엄마도 한 번 아."

엄마는 질색을 했다.

"무슨 음석이 그리 검냐. 머시 이렇게 늘어진다냐."

아, 엄마에게 늘어지는 것은 찹쌀 인절미고 검어도 먹는 것은 흑임자죽이나 검은콩, 김 그리고 항아리 속 엄마가 담근 장이었다. 인위적인 것에는 손을 내저었다.

내가 눈 오는 날에 산딸기를 구하러 가는 효녀였다면 물천어를 말할 때 세상천지를 더듬어 마침내 한 그릇에 비싸지도 않게 부르는 그것을 두어 대접 사거나 작은 또랑 수초 아래 가만히 들어가 아가미만 움직이는 그것들을 쪽대를 들고 더듬었어야 했다.

붕어는 배를 따 내장을 빼놓고 불린 시래기를 양념해 밑에 깐 다음 그 위에 붕어를 놓고 양념을 끼얹어 오래 끓인다. 시래기가 푹 물러지고 붕어의 뼈까지 씹을 수 있게 되면 그보다 더 맛있는 음식은 없었다.

싱건지

싱건지는 위로였다. 우리는 걸핏하면 양푼에 싱건지를 퍼다 먹었다. 고구마를 먹을 때도 맞고 떡을 쪄서 먹을 때도 조청 그릇 옆에 싱건지를 두었다.

싱건지를 푸기 시작할 때 할머니는 말로 인심을 썼다.

"어디 해마다 맛나다냐."

정제 바라지햇빛 들게 하려고 낸 벽 위쪽의 작은 창 막 문 열면 어른 가슴께 닿는 항아리가 있었다. 항아리는 여름내 비어 있다가 일 년에 한 번 속에 싱건지를 담았다. 가을이 오고 바람 속에 찬 기운이 승할 때 항아리를 끌어내 짚을 넣고 불을 붙였다. 짚이 항아리 속에서 활활 타기를 여러 번 하고 물을 채우고 버리기를 또 여러 번. 항아리를 열어 말린 다음 조심스럽게 굴려 제자리에 놓았다.

김장이 시작되기 전이었다. 무도 배추도 시퍼렇게 자라고 있었다. 그리 크지도 않고 작지도 않은 쪽의 고른 것들을 뽑아왔다. 씻어서 평상에 놓아 물기가 가시게 했는데 가끔 껍질에 금이 갔다. 나중에 살림하면서 알았다. 너무 싱싱하면 채소도 벌어지거나 금 가거나 부서진다는 것을.

댓잎도 씻어두었다.

할머니에겐 지론이 있었다. 싱건지 항아리는 한사코 커야 한다. 음식은 어우러짐이다. 그러나 또 한 말이 있었다. 싱건지가 어디 해마다 맛나다냐. 아량이 넓은 말이었으나 할머니는 댓잎을 건져내며 이미 알고 있었다. 물은 맑고 냄새는 상큼했다. 꼭꼭 쟁인 무는 항아리 속에서 숨 쉬듯 몸속의 물을 빨아들이고 내놓고를 했다.

싱건지 항아리에 물을 붓고, 다듬어두었던 댓잎으로 입을 봉했다. 좀 일찍 담고 남보다 먼저 헐었다. 먼저 댓잎을 건져내고 양푼 하나를 들고 무며 물을 마구 퍼 바케쓰에 담았다.

"돼지 주어라."

살림살이하는 데 짭짤하고 맵기 이를 데 없던 할머니가 어째 싱건지만큼은 양보가 많았는지 모를 일이다. 우리는 항아리의 가장 불룩한 부분의 것만 먹었다. 셋 중 하나 퍼다 버리고 하나 먹고 하나가 남았을 때 뚜껑을 닫았다.

헐어 주먹 같은 무 아직 먹지 않은 싱건지 국물은 먼저 돼지 구시구유에 부어지고 그다음 우리가 먹었다. 그러고 나서는 운이 떨어졌다며 항아리 뚜껑을 덮어두고 열지 않았다.

해마다 맛나지 않을 수도 있으며 밑바닥까지 먹을 일 있냐고 했던 싱건지. 그때는 돼지도 한 타령으로 먹었다. 먹다 남은 김치, 먹다 남은 밥이나 국. 돼지도 가족이었다. 싱건지 큰 항아리는 처음 것은 약간 싱겁고 아래 것은 짰다. 까다로웠던 할머니가 가장 너그러운 척했던 싱건지는 무를 빈틈없이 채워 담은 뒤 깊디깊은 우물물 부어 춥지도 덥지도 않은 곳에 두었다.

뚜껑을 열어보면 무 몸은 들어갈 때처럼 백옥같이 희었으나 간이 배면서 크기가 살짝 줄어 물속에서 놀았다. 돼지에게 실컷 퍼다 주고 항아리 허리 방방한 곳에서부터 먹기 시작했는데 맛없던 적이 없었다. 우리는 반찬으로도 먹고 간식으로도 먹었다.

책을 보는 손녀나 아들에게 "무시 줄까" 해서 한 양푼 뚝 떠 거기다 칼질해 마름모나 삼각형 무를 야심한 밤에 물 둘둘 마시면서 씹어 먹게 했다. 긴긴 겨울 구붓할 겨를이 없었다. 사이다 같은 싱건지 물도 있고 아삭거리는 무도 있으니.

어느 날 낙지를 건져올리는 모습을 보았다. 다리 하나를 잡으니 둥근 머리가 달랑거리며 따라왔다.

그냥 심심해서도 항아리를 열어 무시무시한 깊이를 느끼며 잎사귀 한 가닥을 잡으면 굵은 무가 딸려 나오던 우리 집 싱건지 항아리.

봄에 엄마는 다시 싱건지 항아리를 열었다.

흰 막이 끼었을 때도 있지만 무는 더욱 매끈하고 투명해 보였다. 길게 가운데를 자르고 다시 잘라 얇게 썰어 고춧가루 파 참기름에 무치면 묵은 맛이 덜어지고 새콤하고 시원한 맛이 되었다. 채반에 궁글려두었다가 된장에 박기도 했다. 채 썰어 된장국을 끓이기도 했다. 아, 봄이 오기 전 김장 김치, 갓김치, 빠개지에 물려 있을 때이기도 했다. 항아리 밑구멍에 팽개쳐둔 것이 아니었다.

그 자리에 항아리가 지금도 있냐고 물으면 엄마는 소리 지를 것이다.

"누가 지금 싱건지 먹는다고 그 큰 항아리 써야, 너는 꼭!"

나는 물러서는 법 없이 주둥이가 나온 돼지가 아작아작 무 깨물던 소리까지 들리고 거꾸로 처박힐까 무섭던, 어쩌다 직접 꺼내 먹던 날도 떠오른다.

아, 당고모의 푸진 가을

한동네 작은할머니는 혹석이 심했다. 현대 말로 호들갑이다. 터무니없는 말을 하는 것은 아니었다. 몸에 밴 즐겁고 유머러스한 것이었는데 손윗동서는 웃어주기보다 오히려 표정을 더욱 정리 정돈해버렸다. 가고 나서 못 들은 양하지도 않았다.

한번은 작은할머니가 달려들어서면서 말했다.

"성님 성님, 늙어가면서 성님 시아제 시집살이가 심해지요! 시어머니 시집살이는 늙어지고 남편 시집살이는 젊어진다더니! 말대답했다고 빗지락 들고 때릴락 했다요."

"자네가 뭐 시어매 시집살이 해봤간디?"

할머니는 우선 말 중에 한 가닥을 트집 잡았다.

"자네 서방님이 뭘 그럴 사람이여."

작은할머니가 생각해도 둘째 며느리인 자신의 시집살이는

좀 묻어간 편이었다. 어찌 되었건 동서보다는 약했다. 지청구가 있더라도 동서가 먼저 당하고 자신은 끄트머리서 조금 언어듣는 정도였다. 시동생을 그리 곱게 보지도 않으면서 동서 말에는 맞장구를 안 치던 할머니였다.

대가족 시대에 작은할머니 신혼집은 방 두 개짜리 중 윗방이었다. 지금처럼 보일러를 깔아 위아래 없이 골고루 뜨겁던 때가 아니었다. 더군다나 아랫방을 거쳐서 들어가는 아궁이에 불을 때던 시대라 아랫방은 끓어도 윗방은 냉골이기 십상이었다. 불을 땔 때 작은할아버지가 나와 짚을 간대 끝에 묶어 고래 깊숙이 넣었다는 말을 심심하면 해서 나도 들었다. 분가가 언제 적이며 이미 환갑이 지난 노인이 되었는데 할머니는 어제 일처럼 되뇌었다. 아궁이는 하나이고 아랫방이 타져야 윗방 구들장까지 데워졌을 것이다. 윗동서는 그렇게나마 싸늘한 방에서 자는 아내를 위하고 싶은 시동생의 마음을 쾌념했다.

작은할머니는 그러잖아도 솜씨나 매무새나 언변이 동서에 비해 좀 쪘는데 반응을 못 보자 무안해서 돌아갔다. 그럴 때면 또 불 때던 얘기를 했다. 그깟 불 그렇게 밀어넣어봤자 온기가 간에 기별도 안 갔을 텐데 나무조차 그리 흔치 않았던 시절에 고까웠는지 모른다.

많은 여자와 소문을 뿌렸던 할아버지에 비해 작은할아버지는 그러지 않았다. 작은할아버지는 신사였으며 무표정한 얼굴로 우스갯소리를 해서 남을 웃겼다. 할머니도 인정했다. 진 세루 양복에 하모니카를 쥐고 다니며 불면 봄에 밭매는 아낙들의 가슴이 울렁거렸다고 했다. 그런 멋진 신랑이 한눈까지 안 파니 할머니는 질투를 하고 있는지도 몰랐다.

가을 배춧잎을 손으로 이리저리 찢어 간장을 뿌려두었다. 설핏 간이 들까 말까 하면 간장을 가만히 따라 버리고 무 반 토막 채 쳐 같이 담고 깨 갈고 파 썰고 마늘 찧고 고춧가루 넣고 참기름 듬뿍 넣어 버물거린다. 양념도 좋고 햇참기름도 고소하고 배춧잎이랑 무도 달다.

어느 때에 작은할머니가 또 쫓아왔다.

"성님은 맡어봤습뎌? 나락을 비고 있는디 들판에 꼬순 냄새가 꽉 차불었어라. 그러고 봉게 막둥이가 참을 갖고 옵다. 어찌케 찬지름을 막 질질 부서버렸는갑서라. 냄새가 진동했당게라! 고것한테 찬지름병 못 맡기겄어라."

우리 동네 한새들은 웬만한 평야 같다. 나주평야에서 이어온 한 가닥이다. 거기를 채운 냄새. 과장은 좀 있지만 농민의 흥겨움이다. 가을이어서 가능하다.

"언제라고 먹을라등가. 흔할 때나 좀 먹지."

그렇게 맞장구 한번 안 쳐줬던 가신했던 할머니. 쪽도 못 쓰고 끝까지 성님의 애정을 구걸했던 우리 순박한 작은할머니. 그 어머니 닮은 당고모는 이제 막 짜서 담아둔 기름을 어디 한 방울만 똑 떨어뜨리기가 쉬웠을까.

참기름은 내 어릴 적 선량하기 그지없던 작은할머니를 떠올리게 한다.

4장

겨울

배추 먹어라

김장을 안 했거나 하고 나서 시간이 지나 어중간할 때 엄마는 배추 얼지를 했다. 폭이 찬 것들은 다 뽑아 김장에 쓰고 눈비 맞아도 안 아까운 것들은 밭에 있었다. 씻어서 길게 찢어 장독에 장 떠다 슬쩍 뿌려두었다.

숨 죽으면 나온 물 버리고 가는 파 마늘 넣고 고춧가루 깨소금 넣어 버무렸다. 오지항아리의 김장 김치가 익기 전이어서 담을 때와는 달리 젓가락이 안 갈 때였다. 엄마는 "김치가 머리 애린다"고 표현했다. 숙성 중이라는 말이었을까.

이번에는 김장 때와 달리 참기름이 들어갔다.

코로나 백신 맞고 오는 길에 길거리 배추를 보았다. 천 원. 크지는 않으나 오히려 김장감으로 좋을 수도 있다. 안면 있는 젊

은 아낙이 한 폭만 고르는데 두 폭을 안기며 이거 이제 안 나올
거라 했다.

"인건비도 안 나오니 누가 밭에서 뽑겠어요."

그렇겠다. 주사 맞고 받은 종이에 무거운 것 들지 말고 과로
하지 말라고 적혀 있었다.

"무거우니 한 개만" 하는 내 말에

"안 무거워요. 뭐 무거워요 이것이이."

"아니 내 팔 갖고 왜 그래애. 나가 알아서 해애. 무겁다니까."

그녀도 웃고 나도 웃고 그 종이때기 무시하고 두 폭 사 들고
왔다.

지금 장 뿌려두었다. 할머니가 그러셨다. "어디 돈 많이만 들
어야 반찬한다냐. 적은 돈으로도 살 것들 있어야." 우리 집 어른
들은 반찬 없이 상 내놓는 여자를 아주 몹쓸 여자로 만들었다.

세상이 도움을 준다. 시금치도 싸다. 제주도에서 왔다는, 나
어릴 때는 본 적 없는 콜라비도 싸다. 이런 배추를 밭에서 썩히
는 농민들 마음은 오죽할까.

가을에 방송에서는 배추가 무름병으로 거의 없는 듯 호들갑
을 했다. 배추가 비싸 서민 물가가 폭등했다고 막 떠들고.

속은 꽉 안 찼어도 달큰한 이런 것들이 밭에 많단다.

내가 좋아하는 오빠가 식도염으로 고생하는데 누가 배추가 약이라고 했단다. 쌈 싸 먹고 데쳐 무치고 배추적 하고 국 끓이고……

오빠가 배추 덕 봤다고 만나자마자 일렀다. "배추 먹어라. 속에 좋다."

뭘 해 먹이냐고

친구가 전화해 아이들이 오는데 마땅히 먹일 것이 없다고 징징 댔다. 내가 요전 날 해 먹은 족발 얘기를 했다.

"담궜다 한 번 끓여 버리고 양념해서 압력솥에…….''

"너는 그런 거 잘 해 먹더라. 돼지 등뼈찜이나 좋아하고…….''

대뜸 내 말을 끊었다.

나도 기분이 상했다.

"야, 꽃등심 안창살 구워! 반찬은 사서 늘어놓고.''

울 엄니 얘기다. 명절 임박했는데 누가 줬다며 오빠가 시골집에 소대가리 하나를 가져왔다. 엄마는 대목에 그 물건이 심란했다. 새해 맞이하는데 피 묻은 머리를 흉측하게 어디 두기도 그렇고 고민하다가 바깥 헛솥에 넣고 불을 땠다. 마침 명절맞이

하느라 대밭 출긴 것, 감나무 자른 것, 삭은 울타리 뽑아낸 것 등이 쌓여 있었다.

"내가 눈만 뜨면 불 메워 낙신하게 땠다. 뼈랑 고기가 옴스래기고스란히 떨어져야. 고기는 받쳐놓고 나무란 나무는 다 태워 뼈는 더 고았어. 처진 것 싹 쓸어 넣어 이틀을 고았어."

엄마는 신났다.

"콧잔등 귀때기 썻바닥 썰어 따끈하게 그 국물 한 그릇씩 떠주니 당숙 삼촌들이 이런 설렁탕이 어딨냐고 좋아 죽어야. 나 내년에도 또 소머리 고을란다. 뒤란 감나무 잎까지 다 긁어다 밀어 넣었어. 집 안이 깨끗해져부렀어."

친구야, 뭘 내가 너한테 소머리 고으라고 했냐?

봉산댁

자식 여럿이고 가진 전답 얼마 안 되는, 게다가 타성인 봉산댁과 할머니는 죽이 맞았다. 그 집이 사는 방법은 안 먹고, 얻어 입고, 죽기 살기로 일해 땅을 한 뙈기라도 늘리는 것이었다. 생각해보면 할머니와 친하다는 것은 봉산댁의 과시이고 실상 할머니는 봉산댁을 위기 때 소리 질러주고 대신 싸워주고 변명해주는 사람으로 이용했다.

"자네가 그 집구석에 가서 말하소. 내가 그런 사람인가, 원. 사람을 몰라도 유분수지……."

그러면 봉산댁은 망설임 없이 찾아가 따졌고 말이 안 통하면 급기야 게거품을 물었다.

할머니가 끝까지 봉산댁을 앞세운 것은 아니다. 어느 시점에는 직접 나섰다. 자초지종을 듣는 척하면서 그 앞에서 도리어 봉산댁을 나무라는 일도 있었다. 저쪽도 끝까지 고집을 부리진 않고 수그러들었다. 할머니 협상에 이용당하면서 봉산댁은 아는지 모르는지 언제나 불러만 달라는 자세였다. 없는 것이 죄였다.

봉산댁네가 김장을 위해 따로 젓을 담그는 일은 없었다.

"그때같이 추웠을라디야."

엄마는 가끔 회상했다. 날은 춥고 무명옷 앞섶은 젖으면 그대로 얼었다고 했다. 배추를 씻는 곳에 불을 이룬 화로를 놓기도 했으나 고무장갑이 없던 시절 손은 굽어 펴지지 않았다. 놉으로 와 배추, 무를 씻어주고 가면서 젓을 끓이고 받쳐둔 가시만 남은 찌꺼기를 봉산댁이 덜렁 가져갔다고 했다. 이 집 것 내 맘대로 손댈 권한이 있는 것처럼 다른 놉에게 보이기도 했다. 거친 가시를 어디다 쓴다고.

돼지도 줄 수 없어 잿간에 던져야 하는 가시 바구니를 들고 가고 배추를 질이고 남은 소금물마저 떠갔다.

어느 날 일밖에 모르고 살던 봉산양반이 누웠다. 앓아누우면서 하는 소리가 산 밑 밭에 떼를 좀 떠내면 키울 수 있고 일찍이 논도 갈아야 하고 두엄도 내야 한다는 소리뿐이었다. 그 시절 나이 든 사람이 아프면 대부분 그대로 죽었다. 봉산양반이 내년

봄을 노래하는 소리가 안타까워 이불로 둘둘 말아 도시 병원으로 갔다.

도시 병원의 진단은 이랬다. 당뇨병인데 주로 잘 먹어서 오는 병이다. 집에 가서는 조밥이나 보리밥을 해 먹어라.

마을 사람들은 어이없어했다. 엄마가 그 집 김장을 보았다.

"세상에, 그 우리가 받쳐낸 가시뿐인 젓에 고춧가루 실실 넣어서 비베 담드라."

조는 차조와 메조가 있다. 차조는 푸르스름하고 메조는 노랗다. 내 친구는 "메조는 새 줬잖아"라고 했다. 주고받는 게 안 될 때 어려서 어른들을 따라갔던 금산 밑 침쟁이 집이 생각난다. 침 맞으러 온 이들 중에 유난히 엄살이 심한 사람이 있었다. 침이 가까이 다가올라 치면 벌써 소리를 질렀다. 손을 밀어내고 몸을 피하는 바람에 여러 번 못 놓고 있던 의원이 다시 침을 뺐다. 그러곤 그 눈앞에 침을 들이댔다. 화가 났다는 말이었다. 친구의 말에 나는 "우리는 메조 먹었어!"라고 대꾸했다.

새 먹이를 따로 주지 않았다. 아니, 새를 기르는 사람이 없었다. 집으로 가져와 노적을 쌓기 전 논에 낟가리를 해놓는데 새 떼가 내려앉으면 순식간에 먹어버렸다. 일 년 농사고 곡식은 사람이 먹기에도 부족했다. 쌀이 없으면 대체식품은 보리, 조, 수수였다. 어느 것도 귀하지 않은 게 없었다. 시골에서 새를 기르는 호사는 하지 않았다. 새를 막기 위해 낟가리가 있는 논에 불을 피워두기도 했다. 그때 기러기는 밤하늘에서 시옷 자로 날았다.

차조는 많이 담으면 밥이 기우뚱했다. 시울을 넘은 밥은 곧 흘러내리기도 했다. 그만큼 차졌다. 그래서 조밥은 처음에 얼른 얼른 먹었다.

봉산양반은 봄이 되기 전에 죽었다.

마을 사람들은 밥을 먹다가 숟가락을 든 채로 생각에 잠겼다.

"거 뭔 그런 소리도 다 있다냐. 봉산양반이 평생 먹은 것이 뭐였냐. 죽는 날 받아났으면 쌀밥이라도 먹었어야 한 것인디. 그런 의사가 의사였으까."

죽는 마당에도 보드란 쌀밥을 못 먹게 한 얼토당토않은 처방을 내린 의사를 사람들은 때때로 괘씸하게까지 생각하며 떠난 봉산양반을 추모했다.

가물치

송곡 양반 부부가 서울에 올라갔다. 며느리가 산고 들어 들여다
보러 간 것이다.

할매 할배는 농사지은 것 올금졸금 싸고 동네 방죽 품어 잡
은 가물치는 종이 상자에 담아 동여맸다. 일단 큰 도시로 가는
버스를 타고 내려 고속버스로 갈아탔다. 한번 가볼 계획은 있었
던 터라 방죽 물을 빼고 가물치가 몇 마리 잡혔을 때 송곡 양반
이 말했다. "거 큰 놈으로 나 줘볼랑가. 장돌이 놈이 아들 봤는디
아직 못 가봤단 말여." 이 양동이 저 양동이에 툭툭 던져 나누다
가 그 말을 들은 이장은 "그러면 말할 것 있는가. 자 받소" 하며
재볼 것도 없이 그중 큰 놈을 주었다. 한 마리 먼저 받았던 사람
이 자기 것을 내밀며 "자, 이것도 받소" 했다. 그래서 송곡 양반
은 지붕 이으려고 마름을 엮다 접어두고는 아내와 동행해 서울

나들이를 다녀왔다.

거지반 다섯 시간이 지나 아들네 집에 도착했다. 이것저것 풀어놓고 가물치를 묶은 끈을 풀었다.

"어라?"

가물치가 여태 아가미를 들썩거리고 있었다. 물 담은 대야에 보듬어 내려놨더니 빙빙 돌았다.

"뭐여, 산 거여?"

곧 마을에 소문이 났다. 새벽에 출발해 점심이 훨씬 기울어 도착했는데 물에 놓자 가뿐하게 헤엄쳤다는 가물치는 그 몸값의 가치가 여러 입을 거치면서 쑥 올라가버렸다. 그 통에 가물치 인심은 사나워졌다.

잡으면 주둥이를 배에 이르도록 찢어 내장을 다듬던 사람들은 송곡 양반의 서울 나들이를 떠올렸다. 그래서 선뜻 남에게 줄 수 없었다. 참기름에 볶아 숨을 멎게 한 다음 푹 고아 물을 먹거나 매운탕으로 해서 불러들이거나 담 넘어 그릇을 넘기던 일이 예전 같지 않았다. 가물치는 물살이 센 곳보다 가만히 멈춘 작은 방죽이나 조용히 고인 물에 살았다. 가랑이를 올리고 물속을 더듬는 사람들은 행여 가물치를 건질까 기대했다. 그해 사람들은 솔찬히 가물치를 욕심냈다. 똘이나 방죽에서 고기를 잡아 겨울 반찬을 하던 시절, 송곡 양반의 서울 나들이는 가물치가 몸보신에 최고 어종이라는 것을 짱짱하게 받쳐주었다.

홍어

홍어애국은 겨울철에 보리와 어울린다.

남도의 잔칫상에 빠져서는 안 될 홍어는 주로 날로 먹거나 삼합으로 먹거나 도라지, 미나리, 무를 넣고 시큼달큼 무쳐 먹기도 했다. 홍어가 삶은 돼지고기와 함께 잔치에 없어서는 안 되는 것이었을 때 형희 어머니는 혼자되어 홍어 장사로 아이들을 가르치고 먹여 살렸다. 홍어와 함께 동태도 팔았는데 홍어를 많이 사는 사람한테는 동태를 거저 들려주었다. 홍어는 비싸고 덤으로 더 주기도 그래서 동태를 생각해낸 모양이다. 받는 사람도 굵은 동태 몇 마리에 흐뭇해했다. 자식들이 학교를 졸업하고 직장을 가져 하나둘 떨어져나가자 형희 엄마는 돈을 모아 가게를 샀다. 그 전에는 시장 바닥에서 장사를 했다.

새벽부터 나가 장사하느라 겨울이면 볼이 벌겋게 동상 들었던 어머니가 가게를 산 날 자식들을 모아놓고 단호하게 말했다. "욕심내지 마라. 어떤 놈도 나를 이을 생각일랑 말어라." 직장이 고만고만해서 어느 모로 보나 홍어 장사 벌이가 나을 것 같은데 어머니는 미리 못 박았다. 모든 것이 안정되었을 때 어머니는 막내딸 형희에게 말했다. 장사라는 것이 하루도 자리를 비울 수가 없으며 아무리 잘 씻고 나서도 곗방여자들의 모임방에 가면 냄새난다고 했고 차를 타도 누군가 얼굴을 찡그리면 공연히 주눅든다고 했다.

동상 든 볼에 새 살이 돋을 만하면 다시 겨울이 온다는 것이었다. 일을 하다보면 욕심이 생겨 잘 팔리는 겨울에 쉬기는 더 어려워지며, 어스름에 나가는 인생이 인생이냐면서 그래서 말린다고 하더란다. 너는 나처럼 살지 말고 사람답게 살아봐라 했다는 것이다. 홍어 장사뿐이겠는가. 새벽 시장 가는 사람의 다 같은 애환일 것이다.

애를 먹는 홍어는 국산이라야 한다. 애는 홍어와 달리 삭혀 먹는 것이 아니다. 싱싱한 홍어의 배를 갈랐을 때 야들야들한 분홍색 애가 나온다. 어린 보리 싹을 넣으려면 겨울이나 이른 봄이어야 한다. 된장 풀고 고춧가루 양념에 애 넣고 끓이면 된다. 보리가 없을 때는 잘 익은 김치를 넣어도 된다. 애만 끓여도 되며 홍어 다듬고 남은 보무라지를 넣어도 된다. 홍어 먹고 배탈 난 사람은 없다고 한다. 진하게 한 그릇 먹고 나면 속이 편하고 잘 먹었다는 생각에 살짝 취하는 기분이 든다.

나도 홍어 쓸 일이 있으면 형희 어머니를 찾아갔다. 내가 홍어를 얼마나 살지 모르면서 딸과 아는 사이라고 크고 좋은 동태를 먼저 턱턱 봉투에 담았다.

상처로 만든 구두정과

설달이 되면 농사일은 없지만 명절 준비를 하느라 엄마는 바빴다. 쑥은 틈틈이 말려두었고 설이 임박하면 방앗간에 줄 서서 떡국 떡을 뽑아왔다. 미리미리 하는 일은 조청 만들기였다. 집에서 기른 엿기름물에 고두밥을 지어 삭힌 다음 농축하는 것이 조청이다. 조청은 시간이 걸렸다. 엿기름에 섞어둔 밥알이 둥둥 뜨려면 일고여덟 시간이 걸리고 그것을 베주머니에 짰다. 한나절이나 하루에 걸쳐 달여두었다가 유과에도 쓰고 강정 만들 때도 썼다. 가장 많이 쓰는 것은 떡을 찍어 먹을 때다. 처음에는 넘치지 않게만 신경 쓰고 끓이다가 어느 정도 되직해지면 불 옆을 떠나지 못했다. 달군 솥이 졸이는 속도가 빨라지면서 순식간에 탄내가 날 수도 있었다. 어머니는 무명실에 도라지, 연근, 무 등을 꿰어 솥 변에 걸쳐두고 함께 끓였다. 엿을 고면서 자꾸 무명

실을 들어 살폈는데 본연의 색을 잃고 가무스름하고 투명해지면 다 된 것이었다. 귀한 손님상에 쓰이는 달고 쫀득거리는 정과였다.

  정과 하면 나는 한 친구의 상처를 돌아봐야 한다. 친구는 부잣집 딸이었다. 그 애 아버지가 사회 명사였다. 거기에는 어머니의 희생이 있었다. 아버지는 도시에 나가 젊은 여자와 살림을 꾸리고 살았다. 먹을거리나 모시옷 푸세 같은 것은 어머니가 해서 보냈다. 아버지는 곧잘 집에 손님을 데려왔다. 어머니는 말려둔 생선을 찢고, 밭에 달려가 마늘을 뽑아 고추장 옆에 나란히 놓고 가양주로 술상을 봤다. 식혜나 수정과는 떨어지지 않게 댔다. 손님이 오면 식혜에 잣을 넣는데 어머니는 그 하나를 입에 넣지 않고 꼭꼭 묶어두었다가 다시 풀어 쓰곤 했다. 봄이면 아버지는 어머니에게 손으로 명령했다. 이곳에는 봉숭아를 심고, 맨드라미는 저기에, 작약은 파서 여기에 죽 심고…… 그런 말을 따라 어머니는 낮에 밭에서 살고 밤에는 마당을 가꾸기 위해 잠을 자지 않았다. 그것도 아버지 덕인지 눈을 감으면 꽃으로 싸인 집이 떠오른다고 했다. 아버지는 맘에 안 맞는 것은 다시 파내라고 했다. 어머니는 쉴 틈이 없었다. 아버지는 손님을 데리고 와 꽃밭 사이를 거닐며 담소를 나누었다. 아버지는 여름에는 모시를 입고 겨울에는 명주 한복을 입었다. 손이 많이 가고 구김도 잘 가서 그런 옷을 입혀대는 데에는 일이 많았다. 사랑에서는 아버지의 껄껄 웃음소리가 들렸다. 어머니는 아버지 술상을 가져가는 사이 엿 솥의 불을 고무래로 끌어 내놓았다. 타버릴까봐 안심이 안 되어서였다.

　내 친구는 컴컴한 부엌에서 늦도록 일하는 어머니를 보자 부아가 났다. 조청도 단지에 담겨 대부분 아버지에게 갈 것이었다. 아버지가 부르면 불을 끌어당겼다가 다시 이루는 어머니가 안타까웠다. 잠시 불을 보라고 할 때 내 친구는 아버지의 웃음소리가 나는 방 앞에서 구두 한 짝을 들었다. 아주 오랜 시간이 흐른 뒤 친구는 처음으로 고백한다고 했다.

　"미움을 이기지 못해 구두를 엿 속에 넣고 말았어요."

마른자리

젊은 날 친구가 친척 집에 다녀와 이렇게 말했다.

"부잣집 잔치는 일하기가 쉽더라."

왜냐고 물으니 수육과 불고기, 낙지와 회여서 여러 나물을 무치는 것보다 일이 더 수월하다고 했다. 나는 그 집 잔치를 생각하며 상차림을 떠올렸다. 고기도 내가 알기로 고기로만 주리 틀지도질리도록 먹지도 않았다. 처음은 소고기 뭇국 정도. 소고기 미역국을 우리는 '고깃국을 먹었다'고 했다. 다음은 불고기였는데 당면과 채소가 섞인 것이었다. 다음은 순전히 고기였다. 것도 두꺼운 고기를 더 쳤다. 고기가 오면 불판이 놓이고 알아서 구워 먹거나 구워 내났다.

내 친구도 고기를 잘 먹고 온 모양이었다. 사람을 불러 먹이는 것은 대부분 고기로 환대의 수위를 매겼다. 그 시절은 고기가 많아야 잘 차린 잔치였다. 하물며 나물을 볶을 때도 소고기가 들어가야 한다고 생각하는 사람들이 있었다. 무나물, 고사리나물을 갓 했을 때면 몰라도 식으면 부잣집 나물은 끈끈하고 맛이 없었다.

어릴 때 집에 손님이 왔다. 식구 모두가 반가워했다. 엄마가 묻어두었던 배추를 파서 겉절이를 했다. 지금도 생각나는 말은 "시골이라 고기가 없다. 채소뿐이어서 미안하다"이다. 손님이 정색을 했다. 고기가 뭐 좋냐, 나는 이런 채소 반찬이 더 좋더라면서. 채소보다 고기를 우위로 치던 나는 어리둥절했다. 손님이 거짓말을 한다고 생각했다.

겨울을 준비하면서 시골 사람들은 뭐든 다 묻었다. 무도 묻고 배추도 땅을 판 뒤 짚을 깔고 거꾸로 세워 묻었다. 아주 못난 배추는 밭에 두고, 제일 좋은 배추는 김장에 쓰고, 중간 것들을 묻었는데, 어둠 속에 묻혔다 나와서 그런지 파면 다 창백한 흰색이 되었다. 겉잎보다 속잎을 좋아하던 때여서 겉절이를 하면 파랗던 것과 달리 양념이 잘 받고 사근사근했다. 깊게 묻어둔 대파가 있고 겨울에 아주 시들어버리지 않는 마늘과 파가 있었다. 눈 속에서도 새침하게 살아 있는 시금치가 있었다. 우리는 농부였고, 시골 참깨로 짠 고순 참기름은 음식 맛을 돋우었다. 지금 생각하면 고기보다 맛난 채소라는 말은 진심이었을 것이다.

엄마가 나를 다그칠 때 하는 말이 있었다. "솜씨가 없으면 집안 잔치에 가서 찬물에 손 넣고 일한다!" 옛날 친척들은 둘레둘레 근방에 살며 무슨 일이 있으면 모여들어 함께 도왔다. 다들 나물 감을 다듬고 씻고 삶는데, 무치는 일만큼은 솜씨 있는 사람이 했다. 다른 사람은 샘에서 일할 때 안에서 전 부치거나 방에서 안반에 떡을 써는 사람은 솜씨꾼이라고 말이 난 이들이었다. 엄마는 방에서 유과를 이루거나 수정과를 하는 사람이었고, 항렬이 높아도 다른 할머니는 우물가에서 허드렛일을 했다. 그 마른자리는 엄마의 자랑이었다.

고구마 굽기

이제 고구마를 찌기 위해 불을 때지 않는다. 저절로 구워지거나 쪄진다.

엄마는 밥을 지을 때 불에 고구마 몇 개를 던져 넣었다. 주부는 긴 겨울밤 가족이 구붓하게 보내는 일에도 책임감을 느꼈다. 밥 먹고 설거지 다 하고 불이 사윈 아궁이를 헤집어 군고구마를 주워 방에 들여놔주면 엄마의 일과는 끝났다. 밥은 금방 삭아 자기 전 고구마를 먹는 것도 습관이 들었다. 자기 전 그 손을 씻기나 했을까. 시골 부엌이라는 것이 사방에 바람이 들어 겨울이면 얼었다. 내일 아침 먹을 조림이나 국을 끓일 무도 썰어 윗목에 두었다.

가을이면 산이 있는 사람은 나무를 쳤다. 벤 곳은 솎아내고 가지를 쳐서 겨울 땔감을 만들었다. 손으로 부러뜨릴 수 있는 잔가지를 먼저 넣고 불이 안정되면 더 큰 가지를 무릎으로 꺾어 넣었다. 불땀이 센 굵은 가지가 타고 있을 때 아궁이 앞을 물러나와 잠시 다른 일을 할 수 있었다. 그만큼 솔가지는 겨울 땔감으로 최고였다. 풀무로 왕겨를 땔 때는 자리를 뜰 수가 없었다. 한 손은 풀무를 돌리고 한 손은 거푸 겨를 쥐어 던졌다. 땔나무는 식량만큼이나 중해서 산을 가진 사람들은 부러움을 샀다.

가을엔 부엌에 들깻대, 콩대, 깻대, 가짓대 등이 쟁여졌다. 가지가 굵은 것은 불이 오래가 솥에 음식을 한 다음 끌어내 생선을 구웠다.

내 경험으로 보자면 고구마를 굽기에는 짚불이 좋았다. 불을 때는 도중에 고구마를 넣고 일을 마친 뒤 꺼낼 때면 불기는 사위어 있었다. 부지깽이로 재 속을 더듬어 고구마를 찾았다. 화력은 세지 않으나 남은 불기가 은근하게 속까지 익혔다. 짚불은 겉이 타지 않아 껍질을 벗길 때 손이 더럽혀지지 않았다.

가게에 있는데, 어떤 아주머니가 문을 열고 들어왔다.

"이거 쓸 데 없소?"

아주머니 말처럼 쓸 데가 없는 붉은 고무 다라이였다. 한 개도 아니고 두 개도 아니고 세 개였다. 언제 적 상품인지 그녀가 가지고 온 그릇은 두껍고 투박했다. 아주머니는 살림을 잘하는 사람이었을 것이다. 무엇을 사도 오래 쓸 것을 골랐는지 모른다. 머리에 이고 있어 잠시 받아 내려놨다. 자기 집에 살러 들어오는 딸이 손때 묻은 살림을 마구 버린다는 것이었다. 받아 내릴 때 너무 무거워서 다시 가져가라고 하지 못했다. 가게에 뒷마당이 있어 거기다 두기로 했다.

아주머니가 다시 왔다. 새것이라는 전기밥솥과 곰솥을 가지고 나타났다. 그 모습이 안타깝기도 해 웃으며 받아뒀다. 주고 가는 사람의 표정이 환했다. 손때 묻은 살림과 헤어지는 것이 못내 서운했던 모양이다. 남편에게 늘 소뼈를 고아줬다는 솥과 사서 한 번도 쓰지 않았다는 빨간색 전기밥솥을 받았다. "아주머니 잘 쓸게요." 나로선 위로의 말이었다. 아주머니가 가다가 돌아섰다.

"자개농은 안 쓰실라우? 영감 돈 잘 벌 때 무값 주고 샀단 말이요. 버린닥 허요."

아주머니가 가고 조금 슬펐다. 모든 다정한 것이 누구에게는 소용없는 것이 된다. 그래서 아주머니는 누군가가 그 물건들의 생명을 이어가게 하고 싶은 것이다.

그 아주머니 말 대접으로 어디에 쓸까 고민했다. 덕분에 나는 고구마를 쉽게 찐다. 씻어 담고 누르면 조금 있다 스위치 올라오는 소리가 들린다.

고구마를 구울 때 불땀이 센 것은 맞지 않다. 겉이 타지 않으면서 순하게 깊숙이 익어가는 것이 좋다. 불꽃이 강하면 쉽게 익으나 겉이 탔다. 손과 입에 검댕이가 묻었다. 제사 땐 불을 때는 나무도 가렸다. 울타리 뽑은 것이나 마당을 쓸어 처진 것들이 아궁이에 들어가지 않게 했다. 멧밥을 지을 때나 국을 끓일 때 어머니들은 좋은 짚이나 깻대, 목홧대 등을 썼다. 거칠지 않고 잘 마른 나무를 때는 것은 즐거운 불놀이였다. 고춧대는 매워 어린이에게 맡기기가 어려웠다. 소란스럽지 않게 타는 솔잎도 좋았다. 누구는 솔잎을 때면서 이것이 진정한 낭만이고 평화라 했다고 전해 들었다. 목화나 가지는 대가 굵어 끌어내 고기를 굽기에도 좋았다.

고구마 굽는 데는 솔잎도 좋았다. 꽤 오래 불이 남아 있어 꺼낼 때를 잘 알아야 했다. 군고구마도 알맞게 익히려면 계산이 필요했다.

생강들 사요

아는가 몰라, 상추로 쌈뿐만 아니라 겉절이랑 국, 나물도 해 먹
는다는 것. 상추는 뭐니 뭐니 해도 동 오른 것 꺾어 김치 담그는
것이 최고다. 우리 동네서는 불동지라고 불렀다. 쌉싸름한 맛이
생으로도 좋고 익어가는 맛도 별미다. 상추는 여리여리하나 시
금치처럼 겨울을 나는 채소다.

시골 고모가 생강이 잘되었다고 팔아줄 것을 부탁했다. 이럴
때 나는 강매에 나선다.
"노인네 것 사주자!"
그렇게 복이, 영숙이, 정이를 모았다. 시장에 가니 킬로에 칠
팔천 원. 나는 최고가를 말하고 고모는 덤으로 더 얹어주었다.
갔을 때 상추도 뽑아주었다.

생강차는 얇게 저며 설탕에 재우는 것이 대부분이었다. 지금은 설탕을 넣지 않고 즙을 짠다. 그 즙을 천천히 달여 농축액을 만들어두고 뜨거운 물을 부어 먹는 방법이 있다. 곱게 갈린 찌꺼기는 납작하게 만들어 냉동실에 두고 반찬 할 때 쓴다. 오롯하게 즐기는 생강차다.

"겨울 상추는 넘 안 주려고 문 닫고 먹는단다."
고모가 말한다. 상추 한 줌의 생색이라고 듣지 않는다. 그러다 뿐이냐며 받는다.

식구라고는 둘뿐이어서 먹는 것이 줄어도 팍 줄었다. 낮에 나가 외식까지 해버렸으니 상추가 시들고 있다. 겉잎 뜯어두고 속은 쌈용으로 씻는다. 뜯어둔 겉잎을 끓는 물에 데쳐 무친다. 간장만 넣어 무쳐도 되고 된장 고추장을 넣어도 되고 식초를 쳐서 무쳐도 된다. 마늘 깨소금 넣고 조물조물 질긴 듯 부드러운 듯 싸각거리는 듯 잘깃잘깃거리는 듯. 무슨 말로도 표현이 부족하다.

동청이나 당산나무 아래 찬 바닥에 앉아 있는 노인들. 집 한 채씩 짊어지고 사는 노인들이 적적함에서 빠져나와 마주 앉아 있고 조금이라도 힘이 모아지면 구부리고 앉아 땅을 판다. 이 노인들조차 곧 죽으면 대파를 심어 보퉁이에 꼬불쳐 쩔러주는 사람, 상추를 심는 사람, 생강을 심는 사람도 사라진다. 기업으로 농사짓는 사람들만 남을 것인데…….

그들이 하는 정겨운 말이 잠드는 시간까지 남아 있다.

"오매 우리 혜숙이 오네. 어쩐다냐, 우리 혜숙이도 흰머리 나네."

죽지 마. 아짐, 고모, 내가 여름에 국수 사다줄게. 사람이 없어 오만 원어치만 사도 여름내 둘러쓴담서.

이웃에 강매를 할 때 하는 말이 있다. "그 할매들 누워 있으면 못 먹는 것이여. 돈 좀 만지는 기쁨을 주자고."

고구마

아는 언니가 화급한 목소리로 전화를 했다.

"어야, 불우이웃 돕기 좀 하소. 호미랑 상자랑 가지고 좀 넘어와."

그래서 갔다. 남의 땅 한 줄 얻어 부치는데 이웃 땅 노인이 딱하단다. 고구만 한 줄 심은 언니가 순도 먹고 고구마도 먹을 양으로 심어 캐는데 이웃 할아버지가 "내 고구마 좀 팔아주시오" 했다는 것이다.

고구마밭에 와 넋 놓고 앉아 있던 그분은 나란히 아내랑 일했는데 할머니가 돌아가셨단다. 캐기는 캐야겠고 끌고 갈 힘도 박스도 없으니 그냥 캐서 담아가라 했는데······.

이웃 밭 언니가 보니까, 여시 같은 젊은 여자들이 좋은 것으로 잔뜩 담아가며 만 원짜리 한 장 주고 가더란다. 언니랑 언니네 아파트 총무가 이 밭을 가로챘다.

"할아버지, 가만 계세요!"

총무는 손주를 보러 온 사람이고 언니 역시 여기 출신이 아니다.

총무도 언니도 나도 같이 간 내 친구도 낑낑대며 캤다. 좋은 것만 나오는 것이 아니라 목침만 한 거, 실 같은 거, 굼벵이가 먹은 것 등이 섞여 있었다. 그나마 호미 날에 많이 찍혔다. 그러니까 시장에 나온 것은 농민이 숙고해서 골라 담은 것이었다.

전직 은행원이었다는 총무가 얄짤없이 달아 박스를 지었다. 여기저기 흙을 잔뜩 묻히고 돌아왔는데 언니가 전화를 했다.

"어야, 그런 총무 첨 봤네. 저녁까지 캐주고 사람 불러 팔아. 우리가 사십만 원 만들어 할아버지 주머니에 넣어드렸네. 그리고 찍히고 작은 것도 좀 싸게 다 팔았어. 어야, 사 먹는 사람이 농산물 비싸다고 하면 못쓰네."

"네네, 그럼 못쓰지요."

"그리고 그렇게 남의 일 돕고 사는 사람 첨 봤네. 진주에서 여상 나와 얼마 전까지 은행 다녔다여."

"네."

총무 나온 여상 만세!

언니 나온 김천여고도 만세!

요리라는 것

아낙이 밥을 지을 무렵 반찬거리가 없다고 했다. 사내가 베고 있던 목침을 칼로 깎았다. 그리고 얇게 저민 것 한 줌을 주며 양념을 해 끓여보라고 했다. 파 마늘 간장이 들어간 목침은 먹을 만한 국이 되었다.

할머니가 내게 하던 말이 있다.

"여자가 어쩌면 상 한 닢 못 놓는다냐."

발끈할 사람이 있을 것이다. 미덕이 변한 줄도 안다.

페이스북 친구가 댓글을 달아 재료를 댈 테니 맛난 밥 한 끼 먹자고 했다. 어떤 시인의 식당 앞에는 '식재료를 사오시면 요리해드립니다. 운동화나 의자는 안 됩니다'라는 문구가 붙어 있어 재미를 주었다.

어떤 이가 김장하는 날 사람을 부르려고 했다. 김치를 잘 담근 다고 소문난 사람이었다. 그 사람은 거절했다. 봄에 젓을 담그는 것부터 배추를 고르고 소금에 간하는 것이 김치라는 것이었다.

시인과 어머니는 음식점을 같이 운영했다. 바닷가에서 나온 웬만한 것은 다 다룰 줄 알아 그렇게 써 붙였을 것이다. 척 보면 할 수 있는 것이 솜씨다. 하루아침에 하는 것이 있고, 시간을 들 여 할 것이 있다.

김장을 머리 무거워하며 아예 도전을 안 하는 사람이 많은데, 그렇게 깊은 맛까지는 아니어도 한번쯤 용기를 내볼 필요는 있 다. 전에는 젓을 미리 준비했다. 멸치나 새우를 사다 미리 소금 간을 했다. 가을 김장을 봄부터 하는 것이지만 지금은 다 판다. 벗긴 파까지.

그럼 한번 해보자. 배추 10킬로에 고춧가루는 한 근 정도, 새 우, 멸치젓. 여기에 풀 쒀서 마늘 생강 넣고 비벼본다.

맛이 없어? 아냐, 내가 이 세상에서 처음 해본 김장이잖아. 내 가 들인 공력이 기특해서 싱겁거나 짠 김치가 자랑스럽고 사랑 스러워 못 견딜 것이다. 익혀서 찌개를 해도 좋고 볶음밥을 해 도 좋고 오징어랑 파를 넣고 부침개를 해도 좋다. 김치는 버릴 것이 없다. 다음부터는 요령이 생긴다. 좀더 넣어야 했어. 줄여야 했어. 이게 살림이다. 이것이 살림의 맛이다.

내 친구는 동치미를 담았다. 항아리에 생강과 마늘을 찧어 아래에 넣고 소금에 굴린 무를 쟁여 담고 맛있게 익기만을 기다렸다. 시간이 흘러 주방 그릇장에 헝겊에 묶인 무엇이 있어 보니 아뿔싸, 곱게 찧어 동치미 밑바닥에 넣으려고 준비해둔 마늘과 생강이었다. 헝겊 보자기 속 양념도 누렇게 변한 뒤고 동치미는 익기 시작하고 있었다. 그해 그 친구의 동치미는 맛이 없지 않았다. 아니 맛이 좋았다. 친구는 부르짖는다. 양념이 아니다, 뭐니 뭐니 해도 간이다. 간만 맞으면 맛있다!

눈 오는 날이네

날 궂어야만 쉬는 엄마 옆에서 괜스레 볶기 시작했다. 농사짓는 엄마에게 유일한 날로 뜨끈뜨끈한 방에 모든 힘줄과 피부와 뼈를 널어 말리듯 내려놓고 눈까지 감고 있는데 어쩐지 나는 불만투성이가 되어 칭얼거렸다. 엄마 생각은 달랐다. 먹을 만큼 먹었고 어디 가서 뭐 가져와라, 하는 심부름도 시키지 않아 불만이 있을 턱이 없다고 생각하고 있었다.

너도 조금 자라, 해서 소리 못 나오게 한나절 기절이라도 시키고 싶었는데 자기는커녕 누운 엄마를 꼬집기까지 했다.

엄마는 일어나 얼른 대청으로 가 유과 부스러기가 든 봉지를 들고 와 던졌다.

"누가 그것 먹겠대."

나는 또 운다.

부엌으로 간 엄마가 콩가루에 밥을 비벼왔다. 또박또박 썬 싱건지 종지도 있다.

"안 먹어. 안 먹어."

엄마는 잠이 깼다. 내 팔자에 무슨 잠이냐는 얼굴이다. 어린 내가 운다. 이제 미안해 운다.

심심했다. 심심함이 그렇게 견디기 어려운 것이었구나. 이제 깨닫는다. 화풀이로 엉덩이 한번 붙이지 않은 엄마가 고맙다.

겨울에 우리는 콩가루에 굴린 밥을 먹었다. 잠시도 입을 쉬지 않던 시절, 먹고 남은 콩가루 밥이 윗목 쟁반에 말라붙어 있기도 했다.

설이 되면 어른들은 씨앗을 재량하여 두고 털어 볶았다. 그리고 갈았다. 잘 말려 바람 드는 곳에 거천을 해도 콩이나 팥은 여름을 치기가 힘들었다. 벌레는 콩 속에 들어앉아 차분하게 파먹어 물에 담그면 둥둥 떴다. 인절미나 쑥떡의 고물을 하고 낮이 긴 봄날 구붓한 아이들에게 밥을 비벼 먹였다. 팥떡은 도톰해야 좋고 쌀이 바닥나기 시작하는 봄에는 시루떡 고물로 콩가루를 써 얄브스름하게 둘금을 지었다. 거둬내도 거둬내도 아직 켜켜이 남을 만큼 한사코 얇시름하게 해 우리 집만 먹지 않고 어럿이 나눠 먹는 봄 떡고물이었다.

눈 오는 날의 싱건지

농부에게는 농번기와 농한기가 있다. 농사가 끝난 농한기 남자들은 긴긴밤 모여 놀다 화투나 투전을 했는데 판이 커져 전답을 날리는 사람들이 생겼다. 패가망신한 이들은 고향을 등지기도 했는데, 노름이라는 것이 돈을 따 살림을 불렸다는 사람은 없고 잃어서 살림을 거덜 낸 사람만 있었다. 버릇이 있는 남편을 가진 아낙들은 해가 지면 남편을 막느라 눈에 불을 켜고 신경을 곤두세우지만 어느새 남편은 바람처럼 사라져 밤을 새우고 아침에 들어왔다. 봄이 되어 제 논인 줄 알고 거름을 낼 때야 주인이 바뀐 것을 알게 되는 여자들이 있었다. 그들은 논에 퍼질러 앉아 한나절을 울었다. 그런 사연을 안고 논의 모내기는 시작됐고 한여름 벼는 씩씩거리며 들을 꽉 채웠다. 땅을 넘긴 사람들은 그 길로 다니지 않았다. 그러나 다시 겨울이 오면 노름방이 생기고 거기를 기웃거렸다. 손가락을 잘라도 그 버릇 못 놓는 것이라 안 하등가.

　이런 일이 아니면 농촌의 농한기는 대체로 평화롭다. 눈 오는 날 증조할머니, 할머니, 어머니는 주로 바느질을 했다. 방 하나만 데우고 셋은 한방에 모였다. 솜 놓은 바지저고리를 뜯어 세탁하여 다시 맞추는 것이었다. 그러자면 방바닥에 바느질거리를 펼쳐놓았다. 인두판은 어머니 무릎에 얹혀 있었다. 무슨 소리가 나면 문에 붙은 손바닥만 한 유리에 눈을 댔다. 눈 속에서 먹을 것을 찾는 닭이 공연히 싸우기도 하고 사랑하는 것을 보기도 했다. 바람 불어 지붕에 얹힌 눈 무더기가 마당으로 쏟아지기도 했다.

　바느질감을 못 밟게 해서 우리는 좀 위축되어 있었다. 화로에는 인두와 부젓가락이 있었는데 떡을 굽거나 그게 없으면 멸치라도 구웠다. 엄마는 가끔 인두를 꺼내 얼굴이나 손바닥 가까이 대고 온도를 쟀다. 그리고 인두를 썼다. 섶이나 도련이나 동정에는 반드시 인두가 필요했다. 엄마는 누르는 것으로 그것들을 반지름하게 해냈다. 인기척이 나 유리에 눈을 댄 할머니가 어머니에게 말했다. "서 집도 바느질하능갑다. 쌀밥 좀 줘라." 바느질에는 우선 접착제처럼 쌀밥이 필요했다. 우리 집에 들어서는 점이는 쌀밥을 먹지 못하는 집 아이였다. 들어오면 우리와 수선을 피울까봐 불러들이지는 않고 밥만 한 깍쟁이 정도 들려 보냈다.

집에서 기르는 닭도 먹을 게 없는데 참새마저 날아들었다. 두엄자리로 허청으로 돌아다니다가 외발로 마루까지 오기도 했다. 바구니나 떡판으로 키를 놓기도 했는데 영리한 참새는 좀처럼 말려들지 않았다.

점이를 보내며 엄마는 입을 삐죽했다. "쌀밥이면 뭐해요, 입고 나오는 옷마다 울고." 바느질은 엄마의 자부심이었다. 곱다는 말을 끌어내고 싶어했다. "그래도 많이 늘었더라." 할머니 또한 쉽게 엄마를 치하하기보다 점이 엄마도 솜씨가 늘었더라 말했다.

"모사이떡댁이 시어머니가 방에 들어왔다고 지랄했다드라." "머다라펏하러 그 새복새벽에 매누리 방에 들어갔다요. 똑똑한 년이제." "대청에 뭇뭣 가지러 갈 수도 있제." "메누리한테 그 욕 안 얻어먹고 앞마루로 대청에 막 못 들어가는 집이간디." "모사이떡이 일어나지도 않았는데 시어머니가 방문을 열었다고 막 퍼붓드라여. 시어머니가 아들 방에 좀 들어갈 수도 있제." 시어머니 동지떡댁 입에서 나온 말이 돌아다녔다. "하도 안 일어난게 배고팠던갑제. 그런다고 시엄시한테 그래? 상것이제." "밥하라고 했을 것이제. 고 사람이 해가 중천에 뜰 때까지 안 일어난담서." "배가 고프면 불러서 밥하라 해야제 뭘라 들어가서 당할께라." 삼 고부도 패가 갈렸다. "답잖은 소리 해싸치 말어라." 할 말은 거진 해놓고 서둘러 거두었다. 그런 은밀한 말들을 들으며 우리는 여시가 되어갔다.

어머니는 일어나 언제 했던 것인지 홍어무침을 내왔다. 또 나가서 싱건지를 내왔다. 반은 대강 자르고, 이가 부실한 증조모님을 위해 반은 채 썰었다. 우리도 숟가락 하나로 돌려 먹거나 손가락을 풍덩 담가 건져 먹기도 했다. 고구마도 있고 배추 뿌리도 있는 방이었다. 먹을 때는 티격태격도 사라졌다. 동게기떡댁, 당골떡댁 흉봄서 토론함서 우김질함서 건질 것도 없는 얘기를 하며 완성된 옷을 쫙 펴 어깨 두 개를 먼저 접고 아래를 올려 할아버지 것은 할머니 주고 아버지 것은 엄마가 안으며 방 안의 실밥을 손으로 쓸어 이제 불이 꺼진 화로에 털었다.

이제 엄마는 방마다 불을 넣고 저녁밥을 지었다. 얼추 배가 불렀지만 끼니는 거르는 것이 아니었다.

물막음과 싱건지

싱건지는 심심했다.

농한기가 문제였다. 누가 말했던가. 손의 자유는 사고의 자유를 낳는다고. 새로운 뉴스가 없을 때 어른들은 묵은 얘기를 꺼냈다. 잡음이 심한 라디오 정도가 있었는지는 잘 모르겠다.

"내리메떡댁이 매누리를 종수랑 가마니 짜게 할 일이냐."

"참말로 그랬을게라?"

"과부 된 젊은 매누리가 노총각 일꾼이랑 종일 들어앉아 가마니를 짰으니 말 나제."

일은 있었을지 모르나 지금은 가라앉은 사건인데 모인 사람들은 다시금 끄집어 살살 이뤄내고 있었다. 한 양푼 들여놓은 물고구마와 싱건지도 바닥이 났다.

"누가 알 것이여, 그 일을……."

삐쭈름 말을 시작한 사람은 살짝 뒤로 물러앉아 듣는 척만 했다. 조리질하듯 가라앉았던 일은 이미 위로 올라오고 있었다.

가마니는 두 사람이 짰다. 둘 중에 좀 약한 사람이 지푸라기를 메기고 다른 사람이 바디를 눌렀다. 가마니 짜는 방에서는 쿵쿵 바디 치는 소리가 났다.

그들은 은근히 그때 그 둘이 보통 사이가 아니었을 거라고 몰고 갔다.

"겨울인디 문을 열어두겠소. 꽉 닫고 둘이 종일……"

급기야 방 안 사람들은 보기라도 한 것처럼 말했다.

그러나 그들은 끝을 흐지부지로 마감했다. 김을 맬 때나 방 안에서 했던 말로 여자들은 몰려다니며 싸움하는 일이 있었다. 네가 했니 들었니 옮겼니, 하는 것으로 마을 사람들이 거의 해당될 만큼 시끄러웠다. 결국은 말을 옮긴 사람이 비난을 가장 많이 받았다.

"몰라. 그때 소문이 좀 돌기도 했는데 시어머니가 궂어. 젊은 매누리 그렇게 묶어 일 시킬 게 아녀."

장군 멍군이 있고 쎄기고 메기고가 있던 일. 그 둘이 지푸라기로 폭신한 방에서 연분이 일었을지 모른다.

할머니가 강조했던 말이 있다.

"여자가 물막음청에 드는 것 아니다."

여자가 들은 말을 옮기거나 말을 했거니 안 했거니 해서 서로 대보는 것은 사람다운 사람이 할 일이 아니라는 것이다. 그리고 가족에게도 일렀다.

"콩밭머리 떠서는 안 된다. 여자들 입 지중에 얹히지 마라."

화제의 중심이 되지 말고 행동거지 조심하라는 말이었다.

물고구마와 싱건지, 무 조각 국물에 숟가락 하나 담가 돌아감서 떠먹고 속이 편했다는 것일까. 아니면 손 놓고 있는 농한기의 무료함이었을까. 마을 아주머니들은 종일 치고받고 남 얘기를 하다 독이 깨지는 웃음을 터뜨리며 고무신을 찾아 꿰고 총총 저녁 지으러 떠났다.

텔레비전이 보편화되면서 여자들은 연속극 얘기를 했다. 안 본 사람이 배돌 정도로 연속극의 줄거리뿐 아니라 배우의 사생활까지 화제가 되었다. 분명 여자의 입은 말하라고 있었다.

구워도 먹고 지져도 먹는 곶감

농사짓는 연두가 글을 썼다.

대문 안팎 감나무 세 그루를 잘라버렸다는 거다. 절푸덕 홍시가 떨어져 얼른 줍지 않으면 까맣게 바닥에 박혀 썩고 감잎은 다 떨어질 때까지 쓸어야 해서 일 바쁜 가을에 그것들 수발까지는 못 들겠다는 것이다.

처마에 주렁주렁 곶감을 걸어 농촌 정서를 표현하며 부러움을 받고 자부심을 갖던 것들이었다. 이제 그것은 젊었을 때 얘기라는 것이다. 몸은 예전 같지 않고 일을 감당하기 어렵다고 했다.

냉강 잘라버린 감나무 사진이 올라왔다.

오죽했으면. 그것을 보고 내 발목에 톱이라도 댄 것처럼 마음이 쓰렸다.

할머니 얘기를 해보련다. 옛날에는 싸리나무에 곶감을 열 개씩 꿰어 팔았다. 이것이 열 개면 한 접이라 했다.

"웬 놈이 곶감 한 꼬챙이를 선물로 받았더란다. 누가 사람을 시켜 보냈는데 그 사람도 안 먹어본 것이야. 선물을 받고 생각했더란다. 이렇게 나무에 꿰어 있는 것은 어떻게 먹어야 하나, 생선을 이렇게 하면 굽는 것이 맞지 하며 구워 먹었더란다. 구운들 못 먹을 것이겠냐. 곶감인디. 다음 날 전해줬던 친구가 왔더란다. '어떻게 먹었는가.' '구워서 먹었네. 맛나데.'

'나는 지져 먹었네. 그래야 맛나.'"

할머니는 먹어보는 것도 배움이라고 강조했다.

먹을 것으로 울던

동짓달, 섣달, 정월, 이월은 나 어릴 때 시골에서 결혼 시즌이었다. 대부분 많지 않은 땅벌이였는데 마을에 처녀 총각이 많았다. 누구는 곧 선보고 또 누구는 날 받고. 마을 혼사는 농한기 공통의 관심사였다. 누가 과년해가면 그것도 전체의 근심이었다.

좀 외딴집 혼사였다. 엄마는 부지런히 할 일을 마친 뒤 나를 데리고 나갔다. 해가 질 때까지 그 집 차일 아래서 놀았다. 그때는 결혼도 굿이었다. 각시 굿. 그런데 엄마는 잔칫상마다 건네가며 언어먹는 사람이 아니었다. 한번 먹은 것으로 다 먹었다며 사양했다. 나는 유과 약과를 더 먹고 싶었다. 좀처럼 누릴 수 없는 나들이를 얼른 끝내고 싶지 않아 치마폭을 잡고 있는 나를 탈탈 굶기고 엄마는 해가 꼴깍 질 때까지 그곳에 있었다. 우리 집 대문 안은 엄마에게 가장 힘겨운 곳이었기 때문이다. 그때

처음으로 배가 고팠다.

　인도 여행 때다. 일행이 전부 배탈이 났다. 굽이굽이 내려다
보이는 풍경도, 배꼽을 내놓고 걷는 여자들도, 쏟아지는 물줄기
도 싫었다. 비가 오니 습도가 높고 전깃불은 약하고 이불은 쾌
적하지 않았다. 겨우 눈 뜰 기운을 차려 가방을 뒤졌다. 말리고
찢어 고추장에 무친, 일행의 가족이 법성포 굴비집에서 알바하
며 머리 깨지고 배 터진 것들 얻어다 간해 말려 먼 길 떠나는 짐
속에 넣어준 것이었다. 한두 번 먹고 긴 여행에 아껴감서 먹자
고 했던 것이었다. 그런데 없었다. 꺼낼 때 묻은 고추장 때문에
우리 짐을 꾸려주던 맥간에서 만난 처녀가 쓰레기와 구별 못 하
고 그만 버린 모양이었다. 아아, 그것이나 하나 깨물면 비위가
가라앉을까 했던 나는 그만 울고 말았다.

　새끼 조기 다듬으며 그 생각을 했다. 걍 꽝꽝하게 말려 찢어
고추장에 박을까.
　먹을 것으로 운 날은 외딴집 전남이 오빠 결혼하던 날과 인
도 맥간에서였다.

굴이 있는 상

굴이 맛있는 계절이면 1킬로짜리 두 봉지 사서 우선 씻으면서 막 주워 먹고 한 국자씩 떠서 냉동해둔다. 떡국도 하고 미역국도 한다.

엄마는 육고기를 안 드셨다. 우리 식구는 육식을 좋아했는데 엄마는 해물을 좋아했다. 외가는 바닷가 영광이었다. 겨울이면 돼지 다리를 걸어두고 먹으면서 그걸 못 먹는 엄마를 전혀 고려하지 않았다. 도마에 삶은 고기를 썰다가

"먹어봐, 맛있어" 하면

"나까지 먹으면 이 집 고깃값 어찌 대겠냐" 하고 말했다.

누구에게 말대꾸 한번 못 하고 살았지만 엄마는 가끔 혼잣말을 했다.

"비린 것을 그리 잘 먹는 사람들이 어째 콩나물 비린 것은 못

보는고."

콩나물을 길러 먹던 시절 한 시루에 안친 것들이 크면 떨어질 때까지 먹을 수밖에 없었다. 엄마는 국 끓이고 무치고를 반복했다.

콩나물이 끓기 전에 솥뚜껑을 열면 비리다. 그리고 끓으면 얼른 뚜껑을 열어야 사근사근하다.

우리가 크기 시작하면서 누차 이르는 것이 또 있었다.

"손님이 오면 얼른 해서 내놓아야 한다. 기다리고 나서 별것 없는 상이 나오면 손님이 서운할 것 아니냐."

"도마 소리 내는 것 아니다. 안에 있는 사람은 그 소리가 무엇을 하는 소린지 알 수 있겠냐. 큰 고기 다듬는 줄 알았다가 소리만 내고 나오는 상이 보잘것없으면 되겠냐."

그러니 손님이 오면 도마 소리 내지 말고, 잘 장만한 상이 아니라면 얼른 차리라는 것이었다.

한 시루의 콩나물을 먹으려면 마지막에는 뉘가 날질릴 수도 있다. 하루 이틀 콩나물을 해냈겠는가. 상에서 콩나물이 비리다는 말이 나온 모양이었다. 엄마는 어른들의 트집을 혼자 궁시렁거리는 것으로 풀었다.

굴을 씻는 엄마의 얼굴이 쫙 펴졌다. 소금물로 두어 번 씻고 맑은 물로 한 번 더 헹궈 반쯤은 소금으로 간해두고 반을 즉석에서 무치고, 전 부치고, 미역국에 넣고……. 그때 냉장고가 없었으니 엄마는 한 알 한 알 입에 넣어가며 했다. 나는 소금에 간해서 삭힌, 알이 작아지고 힘없이 늘어진 굴을 무친 것이 좋았다.

우리가 도시에서 학교 다니던 때에 할머니가 작은아들 집에 가시고 아버지도 며칠 출타한 날이 있었나보다. 할머니가 돌아오기로 한 날보다 이르게 도착했는데 마침 엄마가 장에서 돌아와 음식을 해 상을 놓고 있었다.

"니그 에미가 못 먹고 사는 사람인 줄 아냐? 혼자 먹는 밥상이 걸더라. 굴 무치고 한 대접이나 넣었는지 숟가락 돌아가지 않게 굴 미역국 끓이고 손바닥 같은 갈치 구워놓고 먹을라 하더라."

할머니는 여자란 남은 음식이나 먹어야 한다는 주의였다. 엄마는 아무도 없는 날 혼자만의 잘 차린 상을 그만 호랑이 시어머니한테 걸린 셈이다.

언젠가 엄마가 말했다.

"누가 뭘 팔러 들어오면 그냥 보내던 우리 집이 아니었다. 아침에 생선 이고 들어오면 탁 털어 사던 아버지였다. 다 고무신 신었어도 할아버지는 운동화 사다 신겼다."

무참히 깨진 엄마의 시집살이였다.

"엄마, 문장 장날 원 없이 먹고 싶은 걸 사 드시려다 할머니한테 들켰어?"

할머니한테 들은 터라 훗날 우리가 물었다.

"할머니가 대문에 들어오시니 놀랬겠네."

"놀래긴. 둘이 잘 먹었지. 나도 장에 갔다 오느라 점심이 기울고 할머니도 오시느라 시장했지. 둘이 잘 먹고 흉은 왜 봐?"

조청

밥을 고슬고슬하게 지어 따뜻한 물에 불려두었던 엿기름을 걸러 붓고 일고여덟 시간을 기다렸다가 밥알이 둥둥 뜨면 끓이는 것이 식혜다.

생각해보니 우리 엄마가 미리미리 조청 해서 단지에 담아두었던 시간 맞네.

유과하고 박산 할래믄.

엄니의 쳇바퀴는 쉬지 못했지. 광목 이불 홑청 풀 해서 반닫이 위에 귀 맞춰 개두고 설이면 꾸역꾸역 들어서던 일가친척을 괘념 없이 맞았지.

조청에서 불 때기는 아주 중요하다. 이제부터 쟁여둔 나무가 팍팍 구는데 엄마는 한 이틀 불티를 둘러썼다.

식혜가 다 되면 큰 배 자루에 밥알을 담아 갈구쟁이_{갈고랑이}
걸친 그릇에 올리고 막대로 비틀어 짰다. 힘이 들고 양이 많아
아버지나 삼촌이나 아재가 동원되었다.

그 물을 농축시킨 것이 조청이다.

처음에는 맘 놓고 불을 땠다. 부엌에는 단 냄새가 가득했다.
엄마는 불을 넣으면서 열심히 저었다. 쌀을 씻어 불리기까지 이
틀이나 사흘이 걸리는 일이었다.

어느 정도 되었다 싶으면 바가지로 떠 주루룩 흘려내려보는
데 이는 농도를 가늠하는 것이었다. 유과에 바를 것, 떡에 찍어
먹을 것 등을 각기 다른 그릇에 펐다.

아궁이도 불덩어리고 솥도 불에 달아 뜨거워지면 속의 엿물
은 급속도로 닳기 시작했다. 이미 크고 작은 단지들이 준비되어
부뚜막에 늘어서 있었다.

겨울이면 누워 뒹굴뒹굴하다가 일어나 엿 떠다가 가래떡, 인
절미, 쑥떡을 찍어 먹었던 조청. 먹다 흘려 옷에 떨어지면 우리
를 나무라기보다

"덜 죄어졌<u>으끄</u>나."

하고 엄마를 돌아보던 할머니.

그조차 허물로 둘러쓰던 엄마가 어느 날 변했다. 딸인 내게

전화해서 하소연했다.

  "아야, 차례상에 절하는 발바닥이 오십 개가 넘어야. 뭐더러 꼭 올 끄나." 한숨 짓던 일흔 넘은 종부. 하는 것이려니 하고 살다가 퇴불심반발심이 나서 단 하나 통정할 사람이라고 전화했는데 속없이 "누구 아재 왔던가? 누구누구 안 왔어? 어째서 그 아재가 빠졌을까?" 속없이 막 물었던 애통터진 딸.

농한기

몸을 훑어내릴 만큼 농사일로 고생한 사람들은 이제 쉬는 날이 많았다. 사랑에서는 짚으로 멍석을 짜거나 새끼를 꼬았다. 여름 꼴머슴이었던 새끼둥이는 큰 아재들 옆에서 배웠다. 어른들이 모인 방에는 구수한 얘기도 있고 농밀한 얘기도 있어 담배 심부름 물 심부름을 하면서도 붙어 있었다. 어쩌다 양푼에 싱건지나 고구마를 내밀러 가면 여기저기서 담배를 피워대 오소리 굴이었다. 가끔 꼬마가 사립을 젖히고 달려나갔다. 화토판이 벌어지고 어른들의 술심부름도 하고 개평으로 얻은 돈으로 과자를 사오기도 했다. 돈이 오가는 곳이라 인심이 후했다.

어느 해에 금성 아짐이 집을 나갔다. 다섯 살이 못 된 아이는 만이의 몫이 되었다. 금성 아재는 말수가 적고 성질도 순했다.

밖에서 보이는 모습이었다. 대신 아짐의 소리가 컸다. 그 고샅좁은 골목길 가까운 사람들은 그럴 수밖에 없다고 했다.

집을 나간 뒤에도 아재네 집은 변함없었다. 다행히 가을일이 어느 정도 끝난 뒤였고 막내도 엄마를 찾아 마구 울어대지는 않았다. 아재는 여전히 재를 지고 나가 밭에 부렸고 갈퀴나무를 해서 지고 갔다.

자자일촌 인심이라 국을 한 솥 갖다주는 사람, 장에 갔다 아이들 과자 봉지라도 들여주는 사람, 들어가 마루 끝에 앉아 어찌 된 일이냐고 묻는 사람, 어린것들 두고 나갔다고 비난하거나 위로하는 사람……. 그렇다고 뾰족한 수는 없었다. 아재는 나간 사람을 허물하지도 않고 같이 말 섞어 무슨 얘기를 하지도 않았다. 여전히 마당을 비질하고 6학년짜리가 빨아둔 옷을 걷어 한 번 더 털어 비틀어지게나마 접을 뿐이었다.

아짐이 왔다는 소문이 났다. 오는 것을 봤다 할 뿐 젊은 부부라 들어가보지는 않았다. 그래도 아이들과 살아가는 아재를 이제는 걱정하지 않아도 되어 안도했다.

누구에 대해 쑥덕거릴 일이 줄어 이웃 사람들은 심심해지기 시작했다. 다시 소문이 났다. 들어온 집에서 웃음소리가 아니라 아짐이 우는 소리가 계속 났다는 것이다.

가을일이라도 끝나고 나가서 다행이라거나 이제 들어와 좋다고 했던 사람들은 다시 궁금해졌다.

누가 물어온 말은, 아짐이 여기저기 담아두고 간 곡식이 어디를 열어봐도 없다는 것이었다.

겨울이면 재발하는 아재의 버릇을 잡아보려고 나갔는데 없는 가운데서도 여전해 추수한 것을 다 들고 나가 노름을 했다는 것이었다.

마을 사람들은 할 말을 잃었다. 손가락을 잘라도 못 버린다는 그 버릇을 어쩔 것인가.

아이들이 잠든 밤, 어린것들이 안 잊혀서 어디 안 가고 집에만 있을 줄 알았다고 아짐은 울었다 했다.

"앉아서 꽉 잡아야지 나가서 잡을라고 했을까."

훈수만이 무성한 그해 겨울이었다.

대청에 망태기 망태기 담아두고 갔다는 금성 아짐의 수확물은 아이 다섯과 먹을 식량이었다. 팥죽 쑤고 떡고물 할 붉은 팥, 메주 쒀 일 년 장 된장 먹을 노란 콩, 갈면 깨소금이고 기름을 짜면 반찬의 풍미를 더해주는 깨, 밥밑으로 놔 먹을 검은콩과 동부, 일 년 열두 달 배탈 한번 안 나고 살 수 있나 아프면 죽 쒀 먹을 녹두, 이리저리 모가 난 묵의 재료 메밀, 다음 여름까지 먹어야 할 고추와 수수……. 발 뻗고 울 만했다.

다 어디 갔냐면서 울었다던 금성 아짐. 농촌의 겨울은 보잘것 없는 살림을 그나마 뒤집어엎는 경우가 있었다. 여전히 금성 아재는 지게를 지고 말없이 걸어가고 있었다.

더 바쁘던 명절

명절이 오면 유과, 약과를 했다. 찹쌀로 만드는 유과 반대기는 철같이 말린 뒤 기름에 이뤘다. 유과를 만들 때 방은 불에 달군 것처럼 뜨거웠다. 엄마는 뒤집어가며 가끔 입으로 깨물어봤다. 잘 부풀지 않아 사근거리지 않는 것도 문제고 마구 부풀어 공기 주머니가 생기는 것도 문제였다.

유과는 기름 솥 앞에서 둘이 주걱으로 눌러가며 했다. 기름이 빠졌다 하면 솔잎에 조청을 묻혀 유과에 바르고 튀밥을 발랐다.

튀밥은 잘 마른 볍씨를 솥에 볶아냈다. 꽃처럼 예쁘게 튀겨졌다. 쌀 튀밥하고는 다르다. 껍질을 벗기지 않은 것이고 미강에 쌓인 것이어서인지 툭툭 터지는 것은 꽃이었다. 그런데 그대로 쓰는 것은 얌전하지 않은 짓이었다. 뉘를 골라내고 찧어 채로 쳐 고운 것을 발랐다. 찧지 않은 채로 바르는 것이 유행이 되기도 했다. 집에서 하는 사람이 줄고 상업화한 집이 생기면서 갖가지 시도를 한 것이라고 본다.

전통적인 것보다 이렇게 저렇게 해보아 상품성이 돋보이게 하려는 요령이 섞이면서 말이다.

유과나 약과는 완성품이 되려면 반드시 조청이 필요하다. 명절 준비로 조청은 좀 일찍 시작했다.

조청을 할 때는 정과를 했다. 도라지, 무, 연근⋯⋯.

무명실에 꿰어 솥전에 걸쳐두고 엿을 달인다. 달여지면서 엿이 배어 쫀득한 정과가 되었다. 많지 않아서 마구 맛보기도 어려웠다. 실에서 빼내 귀한 손님상에 놨다.

문고리가 쩍쩍 달라붙던 강치강추위가 그리운 추억이 되었다. 대개 명절은 추웠다. 대청의 식혜가 오장을 화들짝 놀라게 했다.

떡 먹을 때 소청을 흘리면 사방이 찐득거렸다. 떡을 찍었을 때 주르륵 떨어지는 것은 농도가 안 맞는 것이었다. 입에까지 그대로 붙어 있어야 맞는 것이었다. 너무 되면 또 떡에 잘 붙지 않았다. 할머니가 잘했던 말. "약에 쓸라고 했냐, 먹을라고 했다. 어서 먹어라." 그런데 잘 붙지 않으면 너무 죄인 탓이었다.

5장

70년간 혀를 맴도는 기억

고사 머리

누른 머리 말고
너무 차고 너무 꽉 눌러 씹으면 도글도글 구르잖아.
음식이란 것이 혀에 착착 감기는 맛이 있어야지.

시골 잔치는 돼지 잡는 맛이었다. 너무 드문드문 고기 맛을
보는 터라 마을 사람들은 누구네 누구네 잔치를 손꼽았다. 우리
에 크고 있는 것이 그날이면 백 근은 넘을 거라는 둥 앞으로 두
달 남았는데 그것만으로 되겠냐는 둥 남의 살림을 헤아렸다.

어른이 죽으면 삼년상을 치렀다. 죽어서 한 번, 둘째 해 그날
이 돌아오면 한 번, 삼 년이 되면 한 번 더 제사를 지내고 상복
을 벗었다. 음식을 장만하고, 사람이 오고, 자고 가는 사람 있어,

어떻게 구설 없이 탈복까지 무사히 넘길까 머리는 온통 그 생각 뿐이었다. 가끔 엄마가 "이 집구석에 와 돼야지 잡는 잔치가 서른 번이 넘었다"고 했다.

지금처럼 통돼지 한 마리 잘 다듬어 오는 것이 아니라 잡는 것부터 부산했다. 여자들은 가마솥에 물을 펄펄 끓여주는 것이 임무였다. 저리 가라 저리 가라 하고 아이들을 쫓았지만 우리는 다 봤다. 먼저 살아 있는 것의 멱을 질렀다. 큰 다라이를 놓고 김이 몽글몽글 나는 피를 받았다. 피가 빠지면 죽는구나. 마을에 불려다니며 그런 일을 하는 사람은 있게 마련이다. 살의 어디를 발랐는지 볶거나 삶아 그 사람들이 먼저 한잔했다. 그들은 주인에게 머리, 앞다리, 뒷다리, 갈비를 건네주고 뿔뿔이 갔다. 내일모레 본격적인 잔칫날을 기대했다.

머리를 주문하고, 온다는 날 고깃간에 갔다. 나만 주문한 게 아니었는지 대여섯 개 머리가 갈고리에 걸려 있었다.
주인은 면도질을 막 끝냈는데 한 가지 일이 더 남았다며 가스 토치로 꼼꼼하게 태우기 시작했다. 주름 사이사이, 눈 주변, 귀와 귓속을 더 오래 사르더니 고사를 지낼 거냐고 물었다. 그때 살짝 부끄러웠다.

"머리 고기 먹고 싶어서요."

"여기서 깨끗하게 잘 눌러주는디요, 일이 많을 것인디."

내가 끄덕이지 않자 기계로 사등분해주었다. 나는 뜨겁고 촉촉한 것을 먹고 싶었다. 나올 때 주인의 말이 내 뒤꼭지를 부드럽게 해준다.

"맛있는 것인디 요새 이 맛 모르는 사람들 많어라."

코는 코대로 부드럽고 귀는 귀대로 물렁뼈가 오돌오돌 씹히고 혀는 기름기 없이 담백하고…….

집에 큰일이 시작되기 전 그것을 치르기 위한 준비 작업이 있었다. 여자들은 가마니 깔고 놋그릇 닦고 이불빨래며 풀할 것을 미리미리 하고 평소 치렁치렁 벽에 걸렸던 옷들을 일제히 어디로 쓸어넣었다. 일하는 아재는 허청虛廳과 변소를 치웠다. 멍석은 단단하게 감아 질서정연하게 쟁이고 거친 나무는 얼른 써버리거나 나무청 구석으로 밀어넣었다. 어른들은 큰일이 있는 날을 거꾸로 짚어 겨울이면 아흐레나 열흘쯤 전에 콩나물을 안쳤다. 고운 짚을 태워 재와 콩을 켜켜이 넣고 간간이 물을 뿌려 길렀다. 아재도 그런 때는 들에 나가지 않았다. 들 일이 아니어도 나무를 들인다거나 대나무를 잘라 생선 꽂이를 깎고 숯불을 이루는 등 도와줄 일이 많았다.

어느 때 할머니는 돼지머리 삶는 일을 맡았다. 드나드는 사람이 많고 술도 걸렀겠다, 아재는 상당히 얼큰했다. 삶은 돼지머리를 건져 잘 놓아야 하는데 잘 익은 고기를 보자 술이 더 당겼을 것이다. 안 사람들도 너그러워졌다. 그려, 먹어감서 하소. 취하라는 말은 아니었을 것이다. 이런 날 자네도 좀 먹고 해, 하는 것이었을 텐데 술이 들어간 아저씨는 잘 익혀 쟁반에 받쳐둔 돼지머리의 귀를 잘 벼린 칼로 베어 먹어버렸다. 이튿날 잔칫상의 정중앙에 놓여 주위를 에워싼 사람들에게 보여주기 겸 고사를 지내야 하는 것인데 기울어진 돼지머리를 본 할머니는 제자리서 발을 동동 굴렀다. 이를 어쩌. 이 잔치를 위해 우리 집은 일 년 남짓 돼지를 길러왔다.

어찌어찌 그날은 넘어갔으나 몇 년이 지난 후에도 그날의 당혹감을 잊지 못했다.

그해 일하던 그분은 근방 사람이 아니었다. 멀리 저 멀리서 왔다. 우리 동네서 하는 말이 있었다. "어디어디 낙월도 한 년이 백수 것 열 년 잡고 백수년 한 년이 영광 읍내 열 년 잡는다."

그만큼 우리 쪽에서 이겨먹었던 사람이 없다는 말이기도 하고, 그쪽이 억세다는 말이기도 했다. 그 아재는 백수에서 왔다. 술 먹었다는 핑계로, 제정신이 아닌 김에, 귀 하나 잘린 이왕 못

쓰게 된 돼지머리니까 혼짝 내면 내동댕이칠지도 모르며 건들면 외려 더 푸푸 하는 사람이라는 것을 익히 알고 있어서, 속이 상했지만 발만 동동 구르는 것으로, 불난 속을 겨우 가라앉혔던 할머니는 지금도 그 말을 하면 이마의 땀을 닦는다.

생체 실험해서 알려준 오리고기

바오로 오빠는 열한 남매 중 열한 번째라고 했다. 장조카의 나이가 그보다 위라고 했다. 그는 물수제비를 잘 뜬다. 학교에 가거나 오는 길에 물만 보면 책보를 풀어놓고 돌을 던졌다. 물의 깊이와 돌의 무게를 계산하여 팔의 힘을 조절해야 하는 물수제비다. 다른 사람은 몇 번 가다가 그만 빠져버리는 것에 비하여 그의 돌은 수면에 부딪히며 통통통 끝까지 나갔다. 나는 그 물수제비 실력을 외로움이라고 했다. 옛말에 "부잣집 장조카 예쁜 삼촌 없다"는 말이 있다. 장자의 존재는 컸다. 그는 대나무가 많이 있는 담양에서 자랐다. 가족들은 부업으로 대바구니를 만들었는데 겨울이면 손에 때가 덕지덕지 앉아 갈라지기까지 했다고 한다.

그 오빠는 집을 나와 혼자 힘으로 살았다. 군대 다녀와 운전을 하다가 어떤 일로 벌금을 물게 되었는데 열 명의 형제 중에서 손을 벌릴 사람이 한 명도 생각나지 않았다는 말을 했다. 그만큼 홀로 헤쳐나가야 하는 사람이었다. 그런 그가 몸이 좀 허하다고 생각될 때는 오리가 낫더라고 했다. 크고 높은 것을 꿈꾸지 않고 스스로 해결하고 이루고 깨달으면서 그는 굳건하고 성숙하며 겸손한 사회인이 되어 주위의 존경을 받았다. 그의 "오리가 낫더라"라는 말을 기억했다.

어릴 때 오리는 닭보다 낮게 쳤다. 생일이나 제사 때 닭은 미역국도 끓이고 삶아서 상에도 놨지만 오리를 올리지는 않았다.

내 기억이 좀 오래되었다.

어느 나라 대통령이 중국에 갔을 때라던가. 만찬 때 오리 요리를 해주었는데 감탄을 했단다. 무슨 새가 이렇게 맛있냐. 그후 오리는 당당하게 세상의 식탁을 빠르게 점령했다. 덩달아 사육하는 농장도 폭발적으로 늘었다. 가격도 닭을 앞질렀다.

오리 한 마리 사다놨는데 차일피일했다. 그냥 두고 명절을 보낼 수는 없어 드디어 식칼을 갈았다. 아무리 뿌듯하게 한단들 냄비에 국물을 붙여두고남은 음식을 두고 명절을 맞을 것 같아 어깨부터 시작해 가슴으로 등으로 포를 떴다. 한칼에 바르는 기술은 없다손 쳐도 제법 앙상한 뼈만 남기고 살을 몽창 떠냈다.

끓는 물에 얼른 데쳐 기름기를 뺀 다음 얇게 썰었다. 소주, 생강, 후추, 된장으로 초벌 간을 하고 냉장고를 털었다. 버섯, 브로콜리, 양배추, 대파, 깻잎, 조선장, 고춧가루를 넣어 막 주물렀다.

시궁창 더듬는다고 먹기를 꺼려했던 오리. 그리고 닭도 쫙쫙 발로 훑어버린다고 미워하지 않았남. 여러모로 까다로웠던 할매. 여름 소고기는 물 묻은 풀 먹어 싱겁다며 겨울에 콩깍지랑 섞어 폭 끓인 여물 먹인 고기가 고숩다고 하셨던 할머니, 옳아?

할아버지가 한 얘기다. 도시 사는 아들이 시골 사람 밥 먹는 것 보고 "이렇게 먹으니 못살지요" 했다. 그 아버지가 아들을 논에 보내 일을 시켰다. 그날 돌아와 아들은 밥을 많이 먹었다. "거봐라. 일하는 사람은 밥이 힘이다." 지금은 밥그릇도 점점 작아져 공깃밥도 다 못 먹는다. 어째서 탄수화물을 그리 매도하는지. 적게 먹고 건너뛰기도 하면서 먹는 음식을 살펴보자. 과연 밥보다 나은 음식을 먹었는지.

어느 날 나는 비행접시처럼 생긴, 프랑스에서부터 건너왔다는 빵을 얻고 분개했다. 빵 하나 가격이 쌀 한 됫박을 넘었다. 왜 이리 비싸냐 했더니 재료가 고급이고 만들기가 힘들다고 했다. 그 공력으로 밥 지어 먹을 생각은 안 할까.

사람들이 나더러 손이 크단다. 남자가 살림 망하게 하는 것이 노름과 아편과 계집질이라면 여자는 손이 크고 사치하는 것을 들었다. 농사짓는 집에서 산 나는 식 때가 넘어 누가 올지 모르니 밥은 한 그릇쯤 반드시 남게 하는 것이라고 배웠다.

어제 집을 벗어나 동네를 걸었다. 볕이 쨍해 보여 대충 걸치고 나왔는데 바람 끝이 찼다. 좁은 골목은 내가 좋아하는 길이다. 그 좁은 길도 날로 변한다. 높은 담을 허물고 잘 가꾼 잔디밭과 장독대를 보이게 하는 집이 있고 길에 접한 방을 뜨개질 공방으로 바꾼 집도 있다. 변화도 좋고 그대로 있는 것도 좋다. 걸으면서 누구랑 통화를 했다. 음식 얘기였는데 상대가 "그걸 어떻게 먹어요?" 했다. "어째서 못 먹어?" 내 대답이다.

대목에 냉장고 청소를 하는데 살을 발라서 주물럭하고 쑤셔 넣어둔 오리 뼈가 두 벌 나왔다. 박아두었던 것을 꺼내고 나면 그 자리에 다시 들이기가 어렵다. 큰 솥에 넣고 끓여두었다.

전화하는 그이가 물었다.

"살을 발랐담서요."

"칼잡이가 아니니 새김질을 그리 잘할 수 있겠어? 날개며 목이며 다 못 바르지. 옛날에는 새김질 전문가가 따로 있었어. 뼈에 살 한 점 안 붙게 하는 기술자는 급이 달랐어."

내가 좀 안다고 상대를 몰아세운다.

바글바글 끓이다가 시나브로 끓게 두었다. 뒤 베란다에 놓고 있는 화구로 국물이 뽀얗게 될 때까지 고았다. 그리고 고구마순 삶은 것, 토란대, 고사리를 함께 넣고 끓였다. 들깨를 갈고 대파도 많이 넣었다. 간은 된장과 소금이다. 고춧가루도 넣는다.

나는 '먹을 것 버리면 죄 받는다'는 말이 박인 사람이다.

경상도 갱시기, 우리 동네 김치죽

김천에서 자란 동네 언니는 여름에 입맛 없을 때 고추다짐이를 먹는다. 일반 풋고추에 매운 것 몇 개 넣어 다져 볶는 것이다. 언니는 여기에 멸치를 한 줌 갈아 붓는다. 마지막에 밀가루를 두어 숟갈 넣는데 점성이 생겨 먹기가 좋다고 했다.

흡사 도마 소리라도 내듯 고추를 종종 다지는 설명을 하던 언니는 "어머니가 다 한 다음 찬장에 있는 흰 가루를 슬쩍 넣었어. 지금 생각해보면 조미료가 아니었나 싶어. 해보니 그 맛이 아니어서 나도 조미료 한번 사봤네" 했다.

외로우면 옛 맛이 그리워진다. 오늘은 그 언니가 이런 전화를 해왔다.

"어이 말이시, 자네 알아? 갱시기라고."

"갱시기라. 모르겠어요."

"김치 쫑쫑 썰어 넣고 콩나물 넣고 식은 밥 한 덩이 넣고 막 끓여. 칼칼하고 개운해. 내가 조금 아프네. 아무것도 생각나는 것이 없어. 갱시기나 한 그릇 먹으면 모를까."

"우리 고장에도 있었어요. 그냥 김치죽이었는데요."

"갱시기라고 안 하고?"

"네."

"자네도 먹어봤어?"

"그럼요. 해는 짧고 아침 먹고 또 밥 먹기는 그래서 겨울 낮에 곧잘 먹었는데요."

"그 갱시기가 참 맛났어."

언니는 굳이 갱시기라고 고집한다.

"거기도 조미료 넣었을까요?"

"그랬을 것이여. 그래서 그렇게 맛있었을 것이여. 어머니만 두고 썼어. 그때 그것이 막 나올 때였어. 선전했거던. 우리 어머니가 솜씨가 좋기도 하셨어."

밥 한 그릇이면 갱시기로 일곱 식구가 다 먹었다는 기억을 하며, 너무 멀겋다보니 조미료라도 몰래 넣었을 어머니가 그립고 아려 언니는 누워서 갱시기 맛을 떠올린다. 언니의 외로움이 내게로 와 나도 그 갱시기만 한 대접 놓인 저녁상 앞에 앉는 생각을 한다.

부산에 살았던 언니에게 갱시기를 먹어봤나 물었다.

"대구 고니를 넣고 끓이문 맛있었다."

그 언니는 사업하는 집에서 자랐다.

부잣집 갱시기는 왈칵 당기지 않네. 어쩐지 칼칼한 맛이 아닐 것 같다. 차라리 조미료 들어간 김천 언니 집 갱시기가 더 낫겠네.

먹는 것과 주부

우리 집은 먹는 것을 크게 쳤다. 농한기에도 엄니는 단술 하랴 호박 떡 하랴 엿기름 기르랴 바빴다. 입 무거운 엄니가 흉보던 것은 양념거리를 소홀히 하는 여자들이었다. "왜 파 한 뿌리 안 심었을까. 밭이 없다고 고거 꽂을 데가 없이까. 메주는 그것만 해서 일 년 댈 거라. 고추장 한 수저 없이 똑 떨어졌다여. 그런 것은 넉넉해야 써. 사람이 근천스럽게 그렇게 달랑거리게 한다냐." 엄니는 눈이 무릎까지 쌓였어도 헤치고 그 속에 있는 마늘의 파란 잎을 써서 음식을 만들었다. "없으면 안 넣고"라는 말은 없었다.

아낙이 입성도 먹성도 과하면 안 된다고 하던 시절이었다. 어른들은 앉으면 그런 사람들 얘기를 했다. 증조할아버지 할머니는 아랫목 터줏대감이 되어 무수한 훈계를 쏟아냈다. 으름장을 흘려듣고 부지런히 동동거려 김 나는 음식을 대령하면 어른들은 헛기침을 내려놓았다. 엄니는 사방 가시 속에 산다고 생각했는지 모른다. 방법은 먹을 것밖에 없었다.

동네 언니의 소문을 들었다. 아저씨기 큰돈을 투자했는데 다 날렸다는 것이다. 들으니 나라면 거리에 나앉을 액수였다. 만났는데 눈치 보는 내 앞에서 언니는 소리 내 웃었다. "나야 상관없어. 여태 겨울이라고 뜨거운 방에 살아보지도 못했는데 남은 것으로 지금처럼 살면 돼."

비닐을 안 쓰는 우리는 손수건에 감자나 땅콩을 싸와 옆 학교에서 만나곤 했다. 느티나무 아래에 앉을 곳이 있고 더 들어가면 봄에 목련이 피고 장미가 흐드러진 아치가 있었다. 공기 좋고 꽃도 있어 찻집에 가지 않고 거기서 만나 얘기를 나누었다. 그런 부분이 서로 맞았다.

내가 좀 아팠을 때였다. 언니가 소식을 듣고 전화를 했다.
"어야, 식은 밥 먹지 말고 막 지은 밥 먹어. 달걀 한 판이나 삶아두고 들고 남서 먹고, 또 포도가 괜찮더라고. 하나씩 떼 먹어.

물도 따뜻하게 해서 먹고. 된장국이 좋아. 그리고 우루사나 아로나민 먹고 푹 쉬어."

내가 화를 벌컥 냈다.

"참말로 실용적인 섭생이네. 아프기 전에는 그럼 뭐 먹었능가. 겨우 그거 먹고 망했는가. 그 집구석에서 그것밖에 축낼 줄 모르고 사니 아저씨 일 저지르는 것 아녀. 이왕 없앨 거면 먹고 입어 없애라고! 녹용 든 약 한 재 먹으라는 것도 아니고 장어나 소고기 먹으라 않고 고까짓 거 먹어? 나 안 먹어!"

언니는 말을 더듬었다.

"알아서 하소만 나는 그렇게 한단 마시."

엄마의 마실

엄마는 마실 갔다 들어올 때면 눈치를 봤다. 그나마 마실이 허용되는 것도 농한기뿐이었다. 밖에 나가는 젊은 며느리에게는 어른들의 다짐이 뒤따랐다. 타성받이 집에는 가지 말 것. 말 마구 섞어 물막음청에 드는 일 없을 것. 저녁밥 짓는 데 지장 없게 들어올 것. 오자마자 주인 없어 굶고 있는 짐승들을 먼저 들여다볼 것.

엄마는 한창 재미난 시간의 중동을 분지르고 일어섰다. 해는 지고 저녁밥을 지어야 해서 마음 놓고 웃으며 지껄이던 시간을 털고 집으로 왔다.

닭은 나오면 사방팔방을 발로 긁고 다니며 뭐든 먹었다. 부엌에 들어와 솥전에 묻은 밥티도 떼어 먹었다.

돼지는 배고프면 막 소리를 질러댔는데 우리 앞에 다가서는 주인을 알아봤다. 너무 들이대 구시에 부어야 할 누까등겨가 그만 머리에 쏟아지기도 했는데 엄마는 종일 굶긴 주인의 잘못을 인정하지 않고 푸던 쪽박으로 머리를 한 대 쳤다.

나는 겨우 하룻밤 자는 나들이에 다녀오면서 시장에 먼저 들렀다. 생고기가 없는 휴일이어서 훈제 오리 사고 전복 사고 영감이 가장 좋아하는 고구마순을 샀다.

남편은 늘 회상한다. 돌확 옆에서부터 먹었다고 회고하는, 가장 맛있었다던 고구마순 김치.

돌확에 김치 양념을 갈 때도 순서가 있다. 마른 고추를 너무 불리면 미끄러워 잘 갈리지 않는다. 얼른 행궈 몇 번 갈다 마늘 생강을 넣는다. 그 수분으로 같이 매공이 열심히 돌리다가 밥 한 덩이 넣었다. 밥도 먼저 넣으면 고추가 겉돌았다. 황석어나 멸치젓 건지를 넣기도 했는데 머리며 뼈가 야무지게 갈리면서 절굿대는 거의 광란의 춤을 추었다. 절구질도 쾌감이 일었다. 여기에 파 넣고 받쳐둔 고구마순 넣어 버무리면 옆에서 입을 벌렸단다.

나는 현대의 산물 믹서를 썼다.

이렇게 먹이고 내 자리 찾으니 밤이 되었다.

좀 억울한가.

반찬의 진리

새댁 시절이었던 그날 김치전을 했다. 부엌은 아직 재래식이라 흙바닥이고 프로판 가스를 연결해서 바라지 옆에 서서 부치는 것이었다.

마침 꼭대기에 사는 스님이 지나가다 들렀다. 스님은 마을 전체를 아우르는 분이었다. 지나가다 비를 만나면 마당 것도 들여놔주고 멍석도 말아주었다.

이름 짓고, 날 받고, 한 해의 길흉을 일러주기도 했다. 봄에 혼사 소식이 있을 거라든가 구설수가 있다거나 병원 출입이 있을 수 있다는 말 등이었다. 맞기도 하고 안 맞기도 했지만 좋은 말은 좋아서 좋고, 조심하라는 말은 미리 일러줘 피했다고 생각해서 좋았다.

마을에서 큰 시주를 하는 사람은 없었다. 기껏해야 쌀 한 됫박 정도인데 사월 초파일 같은 때는 가져간 것보다 더 많이 얻어먹고 놀았다. 강 건너 더 멀리멀리 사는 사람들도 와 서로 안부를 묻고 알고 지내는 만남의 장이 되었다.

스님도 마누라 있고 들판에 논도 있어 가랑이 걷고 피 뽑다 어울려 막걸리를 한잔했다. 스님은 다정하고 덕담도 잘하고 절망에 빠진 사람들을 품어줬다. 들어보면 한걱정은 다 있더라. 결국 인생은 별거 없더라. 스님의 경험이자 철학은 사람들의 얼었던 마음을 풀어주었다.

마침 김치전을 부칠 때여서 한 넙데기 접시에 담아 드렸다. 차차로 더 부쳐줄 참이었는데 젓가락을 던지듯 놓고 갔다.

후에 길에서 만났는데 스님은 그 김치전 맛이 기막혀 얼른 가서 아주머니에게 만들라 했는데 그 맛이 아니었단다. 스님 아주머니는 반찬을 잘했다. 찾아오는 신도들에게 밥해주면 다 맛나다고 했다.

스님은 그날 장에 갔다 오는 길이었다. 마침 구붓할 때니 겉이 기름에 바삭하게 구워진 전이 어찌 맛이 안 나겠는가. 무엇이든 먹을 때 계속 이어져야 한다. 얼추 시장기 다스리고 꼭대기까지 걸어가 먹는 또 한 접시가 같은 맛이었겠는가.

김치에 대파 썰어 넣고 밀가루, 달걀 휘저을 때 스님이 생각난다. 적어도 두 장까지는 붙잡고 드렸어야 한다고. 이제 산촌 마을의 기둥 같던 그분은 안 계시다.

술 먹을 때 좋고 아프기도 하고 후회도 되는

어떤 동생이 동기 동창회에 갔는데 술이 돌았단다. 한 잔은 하는데 더는 못 하겠어서 받아만 놓고 앉아 있자 재촉이 심했다.

"먹어, 먹어. 마시면 넘어가."

마침 풋사랑이 근처에 앉아 있었다. 옛 친구가 시달리는 기색을 보이자 가만히 물을 넣은 컵과 바꿔주고 자신이 마셨다.

"어쭈 잘하네. 한 잔 더!"

친구는 얼추 취한 사람들 사이에서 잔 바꿔치기를 요령껏 하고 그 동생은 물을 여러 컵 마셨다.

이뻤던 것이 이쁜 짓 한다며 동창들은 좋아했다. 제 몫도 마시고 여자 것도 마신 남자가 그만 몸을 가눌 길 없어 뻗었는데 그동안 남자를 봐왔던 다른 친구가 "이 친구 술 안 마시는데" 했다는 것이다. 그 동생은 그 얘기를 하며 느닷없이 우리 술 한 병 먹자 하고 술잔 앞에 오래 앉아 있었다. 흘러간 남자친구의 변함없는 마음을 되새기는 것인지 채워진 술잔을 보며 생각에 잠겨 있었다.

내 친척이 어느 날 막내아들이 다니는 학교 교무실에 찾아갔다. 농사짓다 온 어머니는 입성이 좀 그랬다. 마침 내가 아는 사람이 그 학교 선생님이었다. 얘기가 끝나고 어머니가 돌아가셔야 하는데 서 있더란다. 이야기가 덜 끝났냐고 물으니 "입주라도 한잔 대접하고 싶다"고 하더란다.

내 고향 입주는 거한 안주를 놓고 방석에 앉아 먹는 것이 아니고 장에라도 갔을 때 만난 반가운 사람을 끌고 가 서서 한잔 서로 나누는 것이다.

아들이 장학금을 받은 터라, 시골에서 올라온 학생들에게 늘 희망을 심어주는 친절한 선생님께 어머니는 마음먹고 올라와서 고마움을 그렇게라도 표현하고 싶었다.

어떤 사람은 아들 선보는 자리에 나섰다. 남편 여의고 어찌어찌 기른 자식한테 좋은 가문에서 선 자리가 들어와 같이 갔다. 규수도 맘에 들고 부모도 그만하면 좋게 보여 둘만 두고 서로 나오는 자리에서 가만히 아들을 불렀다.

"그냥 가시게 말고 입주라도 대접하지 그러냐."

어머니와 아들의 여자 보는 눈이 적중했다.

몇 년 동안 시동생 셋을 데리고 살았는데 했다는 소리가 "양말만 좀 뒤집어 내놔주실래요?"였다고 소문이 났다.

할아버지는 술이 과했다. 우리 때만 해도 아편 중독자라는 말은 있어도 알코올 중독자라는 말은 없었다. 생각해보면 할아버지도 중독자였다. 장날이면 나가 대취하고, 취하면 으름장을 놓고 지나가는 사람에게 부역을 했다며 삿대질하고 쓰러지거나 부축을 받아 돌아왔다. 그러고는 뉘우치고 부끄러워하며 한 사흘 꿈쩍을 않다가 장날이 되면 슬그머니 다시 두루마기를 걸쳤다.

나의 선생님은 술 중독의 터널을 건넜다. 그의 글에 나온다. 아침에 거울을 보면 얼굴의 돌출된 부분이 심하게 깎여 있었다.

남편의 초등학교 동기 동창회는 달마다 열린다. 봄이면 아내들도 끼워준다. 맘먹고 홍도에 갔을 때다. 동창회 돈은 내 돈이 아니다. 내가 냈지만 건너간 돈은 서로 푸진 마음으로 쓴다. 말은 이렇게 한다. 귀한 사모님들 모시는 데 부족한 것 없이 한다고.

소주를 상자로 사고 누른 고기, 어느 솜씨꾼의 김치, 홍어가 큰 박스로 실린다. 우리는 홍도에 간다. 배 안에서 사람들은 다 취했다. 호텔은 이미 잡혀 있고 내리면 잘한다는 집에서 회와 매운탕도 예약이 되어 있다.

이제 안부는 없다. 그저 소리가 난무한다. "어서 가져와." "내 와." "오늘은 먹자."

남자들의 자리에 소주병이 쌓인다. 그중 정신 있어 보이는 한 사람이 다른 자리서 온다.

"니들 이 술 어디서 났어?"

"우리 상자 열 상자 아녀? 거그서 빼왔어."

"이거? 우리는 농협서 참이슬 실었어. 이거는 대선 소주잖어."

"그려? 병종이 불러. 갸가 가져왔어."

"큰일 났네, 다 넘우 것만 먹었어."

그제야 술이 좀 깨는 얼굴이다.

그러나 누구도 그 상자를 열어 술을 가져간 사람을 찾지 않았다. 무리 지어 홍도로 향하는 배 안의 사람들은 거의 다 취해 있었다고 해도 과언이 아니었던 봄날.

불려온 병종씨는 기가 죽어 모기만 한 소리로 말했다.

"지기도 우리 것 먹으면 되제."

술에 취한 나머지 패싸움이라도 날까 조마조마했는데 홍도에 닿자 시침 뚝 떼고 내 것 다 남긴 것 없이 모두 끌어내렸다.

아, 술은 좋은 것인가 궂은 것인가.

진정한 밥상

광주의 어떤 기업이 제2공장을 시골 어디에 자리 잡아 건설했다. 현대식 구내식당도 생겨 직원들은 그곳에서 밥을 먹었다.

한 직원이 쉬는 시간에 근방을 산책했다. 주변 마을 골목을 걷다가 마루에서 혼자 밥 먹는 할머니를 보았다. 가만히 기웃하는 낯선 사람에게 할머니가 들어와 쉬었다 가라고 했다. 남자는 마루에 걸터앉아 할머니의 밥상을 보았다. 새우젓 아주 조금, 김치, 작은 조기 한 마리, 고춧잎 무침, 된장국이었다. 건너다보는 젊은이에게 할머니는 시장한 거 아니냐며 수저를 가져와 권했다. 그렇게 먹게 된 한 술이 그 직원을 사로잡았다. 된장국은 구수하고 김치는 잘 익었으며 파 몇 개 넣어 무친 새우젓도 삼삼했다. 고춧잎은 어릴 때 먹던 그 맛이었다. 그 젊은이는 물었다. 혹시 내일도 오면 밥을 주시겠냐고. 할머니가 반색을 했다. 그러다 뿐이냐, 혼자 먹는 밥이라 입맛이 없었는데 잘됐다면서. 며칠을 그렇게 얻어먹고 그 직원은 흥정을 했다. 영양사 있고 조리사 여럿이 복장 단정하게 하고 차린 것보다 속이 편하고 오후에 졸리지도 않았던 것이다.

그는 그렇게 먹기 시작했고, 점심시간마다 나가는 그한테 동료들이 캐물어 몇 사람이 짜서 할머니 밥을 같이 먹기 시작했다. 돈 받아 미안하다며 풀치 구워 무친 것이 올라올 때까지는 좋았는데 반 식기 잡곡밥이 흰 쌀밥으로 바뀌었다.

"할마이 그날 그 밥상 먹자니까!"

"돈 받는디 미안해서 그래."

"돈은 밥값 못 돼. 수고비여."

할머니는 아주 나중에야 그들이 어떤 밥을 먹고 싶어하는지 알아차렸다. 여름에는 풋고추 된장이고, 시금치 아욱 근대로 돌아가면서 된장국 끓이는 것이었다. 할머니가 말하는 미친년 엉덩치만 한 텃밭을 그들은 쉬는 날 울력하여 삽으로 파고 괭이질해 먹거리 농장을 만들었다.

밥은 보리밥이거나 콩밥이고 봄에는 쑥국을 끓이거나 달래장에 비볐다. 참나물은 참기름만 넣고 머위는 된장에 무치는 것이 최고였다. 멸치는 볕에 바짝 말려 매운 고추 붉고 푸른 것 상관없이 종종 썰어 참기름 한 방울 떨어뜨려 까불거려놓고 물외는 생것으로 놔주고 하지 갓국 끓이고 호박잎 쌈을 쪘다. 어쩌다 황석어 지지고 고등어 한 토막까지는 봐주며 먹게 된 할머니의 밥상을 그들은 믿었다. 불미나리에서 고구마순 김치까지 뒷산과 들판과 언덕의 것들은 다 먹었다. 더부룩하지 않고 속쓰림 없으며 소화가 잘되어 상쾌한 오후 노동을 하고 퇴근했다.

평상에서도 먹고 뜰방에 앉아 신도 못 벗고 먹는 할머니 식당은 꽤 오래 번성했다.

돈 받으니 그런다는 말을 막고 그들은 반찬 가짓수를 제한했다. 배추겉절이 하나도 되고 뭇국 하나도 좋다며 할머니를 설득하여 한 5년 노인의 밥을 먹었다. 노인의 기력이 부친 듯하자, 그들은 의논하여 점심이면 살금살금 빠져나오는 것을 멈췄다.

돌아가시면 상여를 메겠다고 했다.

엄마의 밥상

아버지는 자신의 병을 알고 말이 없어졌다. 정삽하다는 말을 듣던 분이었다. 부지런하고 말도 많았다. 언제 적 일인지 잊어버리지도 않고 끌어내 상대의 실수를 몰아붙였다. 누구도 늘척지근한 꼴을 못 봤다. 주위 사람들은 늘 불편해했다. 그 퍼런 입살에 다쳐 아버지를 안 좋아하는 이가 많았다. 그런 아버지가 약해지자 이웃들이 찾아와 위로해줬다. 나는 그들의 표정을 읽었다. 아버지의 병색을 확인하는 순간 공기가 주입되는 타이어처럼 그들 표정의 접힌 것들이 펴졌다. 무섭고 불편한 것이 사라져주는 것. 나는 아버지의 자존심을 염려했다. 아버지는 말이 없어지고 표정도 없어졌다.

죽순이 하늘로 솟고 껍질을 열어 벗은 다음 가지를 펴면 대밭은 짙은 숲이 되었다. 한여름이 오기 전 쓸모없는 것들은 베고 가지도 쳐주었다. 엄마 말을 빌리면, 대밭을 치는 날 아버지는 나와보지도 않았다. 아버지는 벽을 보고 앉아 있었다.

아버지가 건강했을 때는 뒷짐을 지고 이런 말을 했다. "이런 것은 베어버리소. 이렇게 하면 안 돼. 어이, 자네 우리 집 대밭 일 한두 해 했는가."

엄마 말로는 아버지 없이도 놉은 일을 잘했다고 했다. 그렇지만 나와보기라도 해야 하는 것 아니냐는 것이다. 앞으로 마누라 혼자 해나가야 할 일이라고 해도 살아 있는 지금은 남편 노릇을 해야 하는 것 아니냐는 말이었다. 엄마는 아버지 없는 세상이 불안하고 떨렸다. 전에는 엄마 역시 아버지 등에 독설을 많이 했다.

"저 작자, 나 죽고 살아봐야 한다!"

아버지가 종처럼 부리던 엄마였다. 엄마가 먼저 고무신 꿰신고 정신없이 하는 일이 있었다. 출타하고 아주 늦게 들어오시는 아버지께 엄마는 저녁을 들었냐고 묻지 않았다. 엄마는 소리도 크게 내는 법 없이 얼마 안 있어 상을 냈다. 잔뜩 시장하게 해놓고 밥 주는 것 아니다, 라는 게 우리 집 지론이었다. 낮에 우리하고 먹던 상과는 달랐다. 엄마는 밥솥과 작은 양은솥이 걸린 곳을 번갈아가면서 불을 땠다. 안 먹던 찌개가 나오고 그 불을 끌어내 갈치를 구웠다. 아버지 국을 대접에 뜨는 법도 없었다. 고 깃국일수록 더욱 그랬다. 눈이 무릎에 닿게 왔어도 장독에 나가 투가리뚝배기를 벗겨다 담았다. 반드시 뜨거운 물에 여러 번 헹궈 그릇의 냉기가 다 가신 뒤 국을 펐다. 아버지가 외출복을 갈아입고 세수하고 나와 아랫목에 앉으면 엄마는 김이 펄펄 나는 상을 들고 들어왔다. 매번 아버지가 하는 변하지 않는 치하가 있었다.

"어디 가서 뭘 먹어도 자네 음식만 한 데가 없어."

어디서 몇 날 며칠 놀다 오밤중에 밥도 안 먹고 들어오냐는 말은 엄마의 사전에 없었다. 아버지의 그 입발림에 시린 손을 이불 속에 넣고 앉아 있는 엄마의 볼이 발그레해졌다. 꼭 한 그 릇 밥을 날쌍하게 짓고 그 불을 끌어내 생선까지 구워 내는 엄마는 다른 여자의 분 냄새를 묻혀온 아버지를 죽고 못 살게 사랑했던 것일까. 어떤 여자는 결코 못 하는 것을 해내며 겨루기라도 하는 기분이었을까. 아버지가 돌아온 지금 엄마는 이미 승자였다. 엄마가 유일하게 자신 있어하던, 한밤중에도 뚝딱 차려 내는 밥상에서 아버지의 뜨거운 국물 마시는 소리와 김치 깨무는 소리 그리고 전에 없이 한결 다정하고 부드러워진 음성을 들으며 잠이 들던 저녁이었다.

오다마

봉금이 언니 집에 오다마가 거의 한 소쿠리 있었다.

"어머, 지금도 이런 거 파는 데가 있어요?"

"그럼."

"누가 먹는데 이렇게 많이 샀어요?"

"그냥 두고만 봐."

어떤 사람에게 다마가 뭔 줄 아느냐고 물으니 서슴없이 "전구 다마!"라고 했다. 그랬다. 필라멘트가 떨어져 불이 안 들어올 때 우리는 다마가 나갔다고 했다. 사람이 좀 엉뚱하면 다마가 어찌 되었냐고 하기도 했다. 다마는 둥글다. 우리가 어릴 때 말하는 다마는 주로 구슬이었다. 사내아이들은 다마치기를 했다. 엄지와 검지로 다마를 굴려 보내 상대방 것을 맞히면 따먹는 놀이였다. 흙바닥에 굴려 상대의 것을 맞히는 데는 집중력이 필요했다. 특별히 잘하는 아이의 주머니는 다마로 불룩했다. 주머니에서는 다마가 서로 부딪는 소리가 나고 아이는 그것을 일부러 더 흔들면서 자랑스러워했다. 바닥의 거친 면과 다마의 매끄러운 표면을 고려해 얼마만큼 힘을 줄 것인가 재빨리 계산해서 상대 쪽으로 굴리는 것이 비결이었다. 그러나 다마 부자라고 해서 공부를 잘하는 것은 아니었다.

'오' 자를 붙이면 오다마인데 그건 딴판이었다. 먹을 것이며 아주 굵은 사탕이었다.

봉금이 언니는 충장로에서 편물점을 했다. 이른바 소녀 가장이었다. 퇴근길에 쌀 한 봉지를 사고 돈이 남으면 리어카에 수북이 쌓아놓고 파는 오다마 하나를 샀다. 언니네 아버지는 전쟁 중에 부역을 했다는 누명을 써 형무소 생활을 하고 나왔다. 쇠약한 몸으로 종일 일 나간 딸을 기다렸다. 문턱을 넘으며 언니는

"아부지 눈 감어봐."

하며 아버지 입에 오다마 하나를 물려주고 저녁밥을 지었다. 그녀는 회상했다. 아버지가 벌린 동그란 입에 셀로판지를 벗겨 오다마를 넣어줄 때 가장 행복했다고.

나는 오다마를 생각하면 가슴이 꽉 막히는 느낌이다. 어느 날 엄마랑 얘기를 나누고 있었다. 서로 한가롭게 말 붙일 새도 없이 살던 우리 모녀였다. 증조할머니가 어머니 선을 보러 갔을 때 마당에 일꾼이 여럿 돌아다니고 있었다는 말은 들었지만 내가 본 엄마는 부잣집 딸로 누린 것들이 과연 있었던가 싶게 늘 일에 치여 허둥지둥 살았다. 하루는 엄마가 눈깔사탕 얘기를 했다.

"오다마라고 있었다이."

엄마가 주먹을 들어 보였다.

"커다란 것이 사탕가리가 숭얼숭얼 붙어 있어. 학교 앞에서 팔았지. 하나 사서 입에 넣고 먹음서 오면 집에 가는 길이 하나도 멀지 않았다."

엄마도 학창 시절을 지낸, 사탕을 입에 물고 나풀나풀 집으로 가던 소녀였다.

엄마가 발을 걸치고 일없이 앉아 있는 것을 본 적이 없다. 나는 느려터졌다. 어른들의 닦달이 있기도 했는데 꾸물꾸물하는 나를 보다 못한 엄마가 나서 늘 앉을 틈이 없었다. 엄마는 그날 오다마가 먹고 싶었을까. 그 시절의 그리움이었을까. 큰 것을 먹고 나처럼 입안이 그만 홀랑 벗겨졌을까. 우리는 말했지.

"이런 과사에 양잿물이 조금씩 들어간대."

"엄마, 입 아 해봐!"

나도 그래볼걸! 엄마 머리맡에 오다마 한 바구니 놔둘 생각을 못 했네.

장조림의 변천

어릴 때 장조림은 짰다. 손바닥 반이나 되는 고기 토막을 장에 푹 때뒀다가 먹을 때 홰기처럼 가늘게 찢어 국물에 적셔 담아냈다. 장조림 종지도 작았다. 물에 만 밥에 먹기도 하고 뜨거운 밥에 얹어 먹기도 했다.

고소하고 어떤 때는 살짝 누린내가 나기도 했는데, 여간 까다로운 사람이 아니라면 그런 걸 안 먹거나 못 먹지 않았다. 고기에서 나는 귀한 냄새였다.

어떤 요리사가 우리 민족은 쇠고기를 항용 먹고 살았다고 했다. 아, 먹기야 먹었지.

예나 지금이나 사람 사는 데는 계층이 있었겠지. 순전히 고기를 먹기 위해 언제부터 동물을 길렀는지는 모르겠으나 농경사회에서 소는 반 살림이란 말이 있었다. 그 집 재산의 반은 소가 차지하고 있었다. 반을 부수어 소고기로 먹는 일은 어려웠다. 가족처럼 살다가 아주 늙어 일을 못 할 경우 고깃간에 팔거나 마을에서 추렴을 해서 잡았다. 소를 잡으면 한 동리뿐만이 아니라 근방까지 소문을 낸 다음 소를 장만할 비용을 어느 정도 건졌다.

애들 키울 때 사람들은 메추리알을 넣고 장조림을 했다. 나는 손톱만 한 작은 것을 깔 틈이 없어 달걀을 넣었다. 스무 개쯤 까솥으로 가득했다. 꼭 쇠고기가 아니고 돼지고기 살코기로 하기도 했다. "애들이 그 큰 달걀을 어떻게 한 번에 다 먹어?"라고 누가 물으면, "우리 애들은 한꺼번에 두 개도 먹어요" 했다.

쉽고 푸짐한 요리는 습관이 되었다. 오늘 나는 닭 가슴살에 달걀, 고추, 양파, 마늘, 버섯까지 넣었고, 그래서 또 한 솥이 되고 말았다.

또 들게 생겼다.

"누가 다 먹으란 말인고."

가끔 잊는다. 네놈들이 누에 한 밥 잡힌 듯(누에는 모두 네 번 잠을 자는데 네 번 자고 난 후 뽕잎을 많이 먹는다. 그때를 '한 밥 잡혔다'라고 한다) 먹던 때가 언제 지났는데 나는 여태 무의식 속의 습관에 사로잡혀 있다.

시루 밑받침과 또아리

시루밑은 평소 부엌 바라지 옆 벽에 동그랗게 걸려 있었다. 또 오빠에게 전화를 했다. "오빠 시루밑은 뭣으로 했는지 아는가."

"너는 꼭 꾸끔스런 거 잊힌 것을 새삼스럽게 묻더라. 시루밑은 알것는디 뭣으로 했던가는 모르겄어."

웬만하면 물어 알려주마 할 것인데 누구든 속 시원히 대답을 못 했는지 이번엔 소리가 없다.

증언은 이리저리 흔들렸다. 띠 뿌리라는 사람이 있는가 하면 소나무 뿌리라는 사람이 있고, 칡이라는 사람, 땅찔레라는 사람이 있었다. 그러나 다들 목소리 높일 부분은 있다. 바로 자연에서 얻은 것이었다. 적어도 우리는 순수한 먹거리와 순수한 물건을 쓰는 순수한 사회에서 살고 있었다. 동그랗게 빙빙 돌려 엮어서 벽에 걸어두고 썼다. 큰 시루에는 큰 것, 작은 시루에는 작은 것을 썼다. 쓰고 나면 물에 불려 묻은 밥알이나 콩 같은 것을 씻어내고 그 자리에 도로 걸었다.

또아리라는 것도 있었으니, 무거운 것을 머리에 일 때 물건과 머리 사이에 넣는 것이었다. 특히 물동이를 일 때는 꼭 또아리를 썼다. 무겁기는 매한가지였으나 단단한 동이가 또아리 없이 머리를 누르면 아팠다. 또아리에는 반드시 한 뼘 남짓한 끈이 달려 있었다. 물건을 머리에 일 때 또아리는 머리에 얹고 끈을 입에 물었다. 물동이를 이다 또아리가 밀릴 수도 있다. 떨어져도 입에 물린 끈이 있어서 땅바닥으로 떨어지지는 않았다. 끈을 달아 과학적인 접근까지 했던 물건은 집집마다 펌프나 수도가 놓이면서 사라졌다. 수레, 리어카, 자전거 등 바퀴 달린 것들이 힘을 덜어주기 전에는 머리에 이거나 등에 졌다.

밥물

우리 동네 담울댁은 다섯째 낳고 젖이 안 나왔다. 우유가 없던 세상도 아니고 살림이 아주 없는 편도 아니었는데 그 아이를 밥물로만 키웠다.

밥물이 뭐냐면 밥이 되기 전 곡식이 부글부글 끓을 때 그 물을 조리에 받친 것이다.

아주 옛날에는 밥물을 먹일 수밖에 없었지만 이미 우유가 아이들을 기르는 데 일반화되고 있던 때였다. 지난해 밭도 사들였으면서 우유 한 통 사는 것을 무서워하는 그 집안을 마을 사람들은 꼬꼽쟁이라며 비난했다. 그러나 제 자식을 제가 그렇게 기른다는데 할 말이 없었다.

밥물만 먹은 아이가 다른 아이 뒤집을 때 뒤집고 걸을 때 건고 고무줄놀이 할 때 같이 하면서 학교도 가고 곧 아가씨가 되었다. 현대 의학은 어떻게 진단할지 모르지만 좀 가녀리기는 해도 어디 하나 빠지는 데가 없었다.

나는 아이를 키울 때 반드시 밥물과 우유를 섞어 먹이려고 했는데 모유가 충분해서 기회를 못 가졌다.

어떤 모임에서 누군가가 어릴 적 밥 위에 얹은 계란찜 맛을 못 잊는다는 말을 했다. 밥물이 넘쳐 들어가 맛이 좋았던 거라고 누가 말했다. 그러자 밥 위에서 익혔던 요리들이 쏟아져 나왔다.

이른 봄 파와 마늘, 마른 새웃국, 굴비찜. 여름에 밥알이 묻은 채 먹었던 감자와 옥수수. 가을이 되면 풋고추, 가지, 입으로 까 먹었던 수수까지 나왔다.

"왜 밥에 했어요?"

여기서부터는 세대 차이다.

순전히 아궁이가 유일한 화구였을 때 불 때는 김에 한 번에 익혀 먹었던 한 방법이었지.

그때를 경험한 사람들은 하나같이 맛있었다고 했다. 그리움인가?

가마솥 뚜껑을 밀었을 때 쌀알에 금이 가던 소리. 가마솥 밑

바닥에서 잔불에 쫙 일어나던 누룽지.

먹어본 사람과 안 먹어본 사람을 행과 불행으로 나눌 것인가? 까짓 나이 먹은 축들은 기고만장해서 경험하지 못한 젊은 것들의 기를 죽였다.

사랑스럽던 나뭇잎 그릇

무서리가 진하게 와버리면 밭에 고추나 호박순이 뜨거운 물을 부어 데쳐낸 듯 처져버렸다. 바쁜 와중에도 어른들은 연한 호박순을 걷어 마루 한쪽에라도 던져두었다. 날이 추워지면 너부죽하게 피던 꽃과 잎도 잘 크지 않았다. 웅크린 듯 작고 거칠었다. 호박잎의 역할은 호박을 키우는 데만 있지 않았다. 물고기를 잡아 배를 딸 때 호박잎 하나를 따 거기에 내장을 놓아 함께 버렸다. 메기의 미끈한 몸을 닦을 때도 호박잎을 썼다. 미꾸리도 지금처럼 소금 대신 호박잎 몇 잎으로 문질렀다. 피마자 잎이나 호박잎에 싸서 버린 것들은 두엄자리에서 다 함께 썩어 거름이 되었다.

언젠가 소설가 박완서 선생이 어린 날의 개성을 말하며 '완벽하게 순환되는 사회'였다고 했다. 사람들은 그런 사회가 옳다고 하면서도 하루에 우려할 만한 양의 물건들을 쓰고 버린다. 비닐을 쏙쏙 빼서 담고 거의 하루에 하나씩은 플라스틱 컵을 소비한다.

나 고등학생 시절 삼촌이랑 오빠랑 함께 자취생활을 잠깐 했다. 하루는 대학 다니던 삼촌이 집에 가서 김치를 가져오겠다더니 빈손으로 왔다.

"우리 반찬 없잖아. 왜 그냥 왔어?"

삼촌의 대답은 이랬다. 비포장도로를 뛰면서 오는 바람에 김치가 담긴 자그만 오지항아리에 금이 갔다. 하필 결혼식에 가려는지 고운 한복을 차려입은 한 아주머니의 옷에 붉은 국물이 튀고 말았다. 화가 난 그분이 이 그릇 주인 나오라 소리 질렀는데 무서워 그냥 왔다고 했다. 지금 같은 김치 통이라면 그런 일은 없었을 것이다. 물 한 방울 새지 않는 장점을 가진 현대의 그릇은 땅속에 묻혀 몇백 년이 지나도 그대로 있다가 멀쩡히 나오는 공포스러운 물건이 되었다. 예전에는 멀리 보내는 물건은 새끼로 묶었다. 두껍거나 가는 것으로 아주 질기거나 덜 질긴 재료를 자연에서 얼마든지 구할 수 있었다. 칡넝쿨도 있고 삼 껍질도 있고 왕골속도 있었다. 이제는 고추를 묶어 세우는 것에도 비닐 끈을 쓰고 택배를 보낼 때도 비닐 테이프로 동여맨다.

언젠가 나는 그런 것들을 안 써보려고 했다. 무심히 담아 건네주는 검은 봉지, 케이크 칼, 유제품의 숟가락, 심지어 뻥튀기 봉지까지……. 셀 수가 없어서 거부하는 데에도 한계가 있었다. 부끄럽지만 완벽한 실천은 못 하고 반의반 정도를 쓰는 것으로 목표를 정했다.

딱 소리 나게 뚜껑을 닫아 무언가를 건네면서 문득 작은 오가리 속의 김치가 생각나고, 시치미 떼고 줄행랑을 놓고 만 삼촌도 생각난다. 호박잎 깔아 찌고 먹고 호박잎에 싸서 버렸던 그 시간으로 돌아가 다시 천천히 오면 어떨까 하는 생각을 간절하게 한다.

엄마의 돌확

확을 놓을 때 어른들은 신중에 신중을 기했다. 난전지붕이 없는 밖에 두면 비가 들이치고, 동쪽에 두면 여름 아침에 덥고, 서쪽에 두면 오후에 더웠다. 물이 멀어서도 안 되고 양념이나 그릇과 연결되어야 하니 부엌과 떨어져서도 안 되었다. 어떤 것이 맞으면 다른 것이 좀 서운하나 이리저리 맞춰 앉을 자리를 정했다. 흰 회벽에 가까이 두었더니 고추를 갈 때 벽에 튀었다. 핏자국 같았다. 나중에는 거무튀튀해졌다. 그래서 벽에서 좀 떼어 두었다. 자리만 잡았다고 다 되는 일이 아니다. 그냥 두면 뒤뚱거렸다. 확의 안이 둥그렇고 따라서 밖도 같은 모양이었다. 괴고 받쳐 메공이를 마구 저어도 흔들리지 않아야 했다.

"아야, 고추는 물에 담그는 거 아니다. 풋것이야 어쩔 수 없지만 마른 고추는 얼른 헹궈야 해. 오래 담가 물에 불면 미끈거려 안 갈아져."

메공이는 단단한 나무를 깎아 만들었다. 확은 부엌에서 없어서는 안 될 것이었다. 메주를 찧고 떡 방아를 찧고 고물을 찧고 엿기름을 찧어 필요 없는 뿌리를 떼어냈다. 수년을 쓰면 메공이는 닳거나 금이 갔다. 고추를 갈면 금이 간 틈으로 고추씨나 붉은 물이 들어갔다. 확에 가는 것이 끝나면 메공이를 씻어 거꾸로 세워두었다. 다른 것은 몰라도 인절미를 칠 때는 메공이를 물에 불려 정성껏 닦았다.

우리 집 확은 부엌 바라지 앞에 있었는데 동쪽이었다. 확을 쓸 일이 있으면 겨울에는 상관없지만, 여름에는 해가 뜨기 전이나 돌아서 지붕 위에 있을 때, 아니면 해가 졌을 때 했다. 마른 고추를 얼른 씻어 갈다가 대강 다 되면 밥을 넣고 그다음에 마늘을 넣었다. 마늘이나 밥은 순서가 바뀌어도 되었다. 메공이 대신 둥글넓적한 돌멩이로 하기도 했다. 우리 동네에서는 그것의 이름이 팔독이었다. 냇가에 가면 어른들은 손에 맞고 잘 닳은 돌을 확에 갈 때 쓰려고 주워왔다. 김장이 아니라면 대체로 확에서 김치를 담갔다. 명절에 떡을 치는 게 아닌 이상 여자들의 일은 틈으로 했다. 김칫거리를 간해두고 밭일을 나갔다가 숨이 죽으면 씻어 받쳐두고 고추를 갈아 김치를 담았다. 갈거나 찧을 때 요긴한 도구가 확이었다.

엄마는 이 일을 하다가 고단할 때면 숨을 내쉴 때 단음절의 휘파람 소리를 냈다. 믹서를 누르고 가만히 서 있으면 젖가슴까지 몹시 흔들리던 엄마의 메공이질이 생각나 미안하다.

너 오는 길에 맹감도 없더냐

할머니는 직접 말하기보다 비유법을 썼다. 그리고 누구를 대신 내세웠다. 어머니는 '오장을 긁어대는 그 소리'를 못 견뎌했다. 때로 열세에 몰려도 할머니는 천연덕스러웠다.

"내가 헌 소리냐? 남산댁이 허드란 말이다."

엄니도 살다보니 배운 것이 있었다.

"그 말이 그 말인 줄 누가 몰라. 기둥을 치면 보가 울리지."

혼잣말이었다. 맞장을 절대로 안 뜨던 어머니가 되려 냉갈령도 할 즈음 지루하게 살던 할머니가 세상을 떴다. 그러니까 엄니는 꽤 늦어서 무서운 것이 없어진 것이다. 좀처럼 뚫리지 않을 것 같던 철옹성이 무너지고 나서 엄니도 잠시 정신이 흔들렸다. 한 동네 작은 집 고모가

"성님, 유친계 치르씨요. 그래야 돈 내려주제."

했다. 엄마는 덩둘한 얼굴로 고모를 보았다.

"내가 그런 것 넜더라우?"

해서 고모는

"어찌까. 성님도 큰엄니 곧 따라가불랑갑네."

하고는 사방 소문까지 냈다. 세상에는 그런 일이 종종 있기도 해서 저 냥반은 무선 시엄씨랑 살 팔자인갑네들 했는데 차츰 제정신으로 돌아오고 살 만큼 살았다.

"엄니가 지금 태평성세여."

오빠가 놀리면 엄니는 먼 산을 보았다. 굽이굽이 힘들던 시간이 펼쳐지는 것인지, 자신이 놓인 자리가 다 사라지고 없는 몸이 되어서인지 알 수 없는 얼굴이었다.

그런데 완벽한 늘그막에 엄마는 가끔 세상에 없는 할머니를 앞세우기도 했다.

"할머니 기셨으면 혼난다이."

자기주장이 없었고 좀처럼 누군가와 맞설 줄 몰랐던 엄니가 아니다 싶을 때 하는 소리였다.

엄니한테나 무서운 시어머니였지 우리가 무서워했나.

신학문의 문턱도 못 밟은 할머니였으나 고모 삼촌의 선생님들은 이름난 여학교를 대며 할머니가 그 학교 출신이냐 물었다고 한다. 말을 아주 잘했고 깍듯하며 그 시절 자녀 교육에 열성적인 보기 드문 학부모였다.

"어디 집에서 자식을 가르칠 수 있소? 이만치 큰 것은 다 선생님들 덕이오."

할머니의 선생님 공경은 진심이었다. 절구질한 올벼 쌀 한 되를 학교 가는 길에 보낸 적도 있고 햇밤이나 텃밭에서 딴 참외 몇 개를 선생님 드리라며 들려주기도 했다.

가정방문 때 할머니의 능력은 제대로 발휘되었다. 쟁여두었던 두꺼운 방석을 꺼내 앉히고 닭을 잡기도 했다. 선생님이 선 자리서 그냥 가겠다고 버티면 둥우리에서 갓 낳은 달걀이라도 가져와 우선 먹게 하고 풋마늘이라도 뽑아 묶고 고추장이나 된장을 퍼서 담았다.

"객지에 나와 사는데 뭣이 있겠소."

우리 집에 오는 사람은 기어이 뭔가를 들려 보냈다. 내 사촌의 부모가 외출했을 때 선생님이 가정방문을 왔다. 여러 가정을 돌아봐야 하는 선생님이 그냥 돌아가려고 하자 사촌은 엄마를 기다려달라며 대문을 막고 울었다고 한다. 그 소리를 듣고 우리는 웃었다. "갸가 할머니 닮았어. 사람 그냥 못 보내는 거."

할머니는 어디를 갈 때 절대 빈손으로 가서는 안 된다고 가르쳤다.

"옛말도 있느니라. 너 오는 길에는 맹감도 없더냐!"

우리의 돼야지 고기

날은 나의 서울 입성에 맞춰 기온을 뚝 떨어뜨려 환영했다. 체감하기 전 언론의 호들갑으로 보아 몇 사람 얼어 죽고 말았다는 뉴스가 뒤이을 줄 알았다.

추운 날엔 뭐니 뭐니 해도 기름기다. 없으면 콩짜개가 살아 있는 청국장이라도 먹었다. 엄니는 청국장에 익은 김치를 종종 썰거나 무를 뿌어 넣었다. 무를 통으로 들고 칼로 쳐서 솥에 떨어뜨렸는데 그만 엄마의 손가락도 깎여 들어갈까봐 조마조마했다. 고기가 흔해진 것은 양돈장이 생기면서부터다. 농가에서는 한두 마리를 농가의 부산물로 길렀다. 돼지는 쌀겨도 먹고 밀기울도 먹고 밥찌꺼기며 온갖 채소를 다 먹었다. 잡식성이어서 남은 것 못난 것을 다 먹어치웠다. 뭐든 간에 돼지 구시에 부어줬다. 돼지는 납부금이 되었고 농자금이 되었다.

마을 사람들은 들일로 땀을 많이 흘린 뒤나 명절 때면 돼지 한 마리를 잡는 추렴을 했다. 앞발과 뒷발을 묶어 눕히고 잘 드는 칼로 멱을 땄다. 어른도 아이도 서서 구경을 했다. 피가 쿨쿨 쏟아지고 죽었다 싶으면 벌써부터 펄펄 끓고 있던 물을 몸에 부었다. 검은 털이 벗겨졌다. 분홍색 피부를 드러낸 돼지가 하늘을 향해 네발을 들고 누웠다. 아, 우리는 마른침을 삼켰다. 보기 드문 광경이며 흥미로운 일이었다. 배를 가르고 염통을 들어내고 꺼낸 빨간 간은 이리저리 제쳐 초록색 쓸개를 떼어냈다. 위와 창자를 쓸어내듯 몸 아래쪽으로 밀어내고 머리와 네 개의 발목을 잘라냈다. 한 근, 두 근, 혹은 다리 한 개. 고기는 지푸라기에 묶여 둘러선 사람들에게 나눠졌다. 지금처럼 비계를 싹 도려낸 고기가 아니었다. 돼지고기는 당연히 비계가 두껍게 달렸다. 마을에서 돼지라도 잡은 날이면 사람들은 기름이 둥둥 뜬 고깃국을 먹었다. 그때는 대부분 고기가 훌렁훌렁한 국이었다. 국물이 없이 하는 것을 뽀땃하다고 말했다. 굽기도 했으나 뽀땃하게 먹는 것이 그 당시 겨우 고급이었다.

지금은 마을에서 돼지 잡는 것을 법으로 금하고 있다. 금하지 않는다 하더라도 이제 돼지를 잡을 사람은 없다. 노인이 대부분인 시골에 백 근이 넘는 돼지를 눕힐 사람도 없고 칼을 깊숙이 넣어 멱을 딸 사람도 없다.

신문지나 횟가루 종이에 둘둘 말아주던 푸줏간 고기는 이제 비닐에 한 번 싸고 검은 봉투에 담아 들려준다. 기명물이나 농가 부산물로만 먹인 고기보다 맛이 없는 것은 분명하다.

조기

크기가 두 배면 가격은 다섯 배쯤 했다. 어느 날 나와 몇은 바구니에 수북하게 담아 싸게 주는 작은 고기는 거부하자고 했다. 키워 먹는 게 옳다고 했으나 시장에는 작은 고기가 떨어지는 날이 없었다.

딸 셋 낳고 아들 봤을 때 남편이 조기를 구워 등 쪽을 발라 밥에 놔주었다. 어느 날 이것을 보던 큰딸이 물었다.

"아빠, 저도 이렇게 먹었어요?"

"어어, 그럼 그랬지."

"저는 커서 기억이 잘 안 나요. 그런데 아빠가 다른 여동생한테는 그러지 않았던 것 같아요."

나까지 나서서 뭐라고 말을 해댔다. "너희가 크니까 그렇지 어릴 때는 다 그렇게 먹었어." 큰딸은 웃지 않고 고개만 끄덕였다.

외출에서 돌아왔을 때였다. 아들과 셋째 딸이 싸웠단다. 셋째 딸이 울면서 동생에게

"너는 고기에다 밥 먹지. 나는 가시에다 먹는다."

했단다. 큰딸이 이 얘기를 담담하게 전했다. 애들 아빠가 등 쪽을 발라 아들을 먹인 다음 배만 남은 생선을 딸들 쪽으로 밀어 줬다는 것이다. 안다. 다 안다. 그쪽에 가시가 많다. 딸 셋이 작당을 하면 어쩔까 살짝 걱정됐는데 그럴 기미는 보이지 않았다.

서러워서 막 울었다는 셋째. 결혼해서 아기 낳고 산다. 나는 기억나 무서운데 딸은 잊었는지 한 번도 입에 담지 않았고 동생도 가장 사랑해주는 누나다. 세찌, 내가 미안해.

가마솥

가마솥은 꿈이다. 우리가 기억하는 밥은 거의 시커먼 가마솥에서 출발한다. 밥을 푸고 나면 잔불을 두어 솥에 붙은 밥을 눌렸다. 좀더 두었다 누룽지가 쫙 일어나게 하거나 물을 부어 숭늉을 만들었다.

자취하는 놈 집에 웬 무쇠솥이 있었다. 호사인가 허세인가 좀 비웃으며 남아도는 시간이라 그 솥을 써서 밥을 했다. 내 기억과 모양은 다르고 무게만 같은 솥이었는데 역시나 밥이 잘되었다. 그래서 이런 솥이 있으면 좋겠다고 가족 대화방에 올렸다.

딸 하나가 대번에 응짜를 하는 답을 보내왔다. 동료가 내려뜨려 발가락이 나갔다는 것이다. 좋더라도 엄마가 탐낼 물건은 아니라고 했다. 집에 돌아와 퍼뜩 생각이 났다. 오래전 시골집에 걸 솥이 필요해 주물 공장을 하는 친구에게 부탁하니 아는 곳이 있다고 해서 같이 갔다. 나쁘게 말하면 고집불통, 좋게 보면 지조 있어 보이는 사장이 잘만 쓰면 백 년 아니라 천년도 쓴다는 솥을 보여주었다. 길을 잘 내면 녹 걱정은 없다며 직원들 음식을 해 먹이는 마당가 솥을 보여주는데 가림막이 없는 난전이었다. 처음 기름 먹이기는 좀 힘들지만 그리 어려운 것도 아니라고 했다. 비가 부슬부슬 오는 날이었다. 물방울이 솥에 닿으면 빙그르르 돌았다.

그날 사장은 불자인 친구에게 작은 솥 몇 개를 주었다. 부처님께 밥 지어 올리라며 불심이 깊은 친구가 있으면 나눠주라고 했다. 큰 솥에 덧붙여 나도 주었는데 잊고 있었던 것이다. 그 사장님은 바닥이 납작하거나 손잡이가 있는 신형이 아니라 작은 것은 큰 것의 축소판으로만 만들었다. 더 귀엽고 정다운 모양이었다. 우리 집은 소두방의 꼭지를 가는 새끼로 감아 뜨겁지 않게 했다. 나는 뜨개질로 흉내를 내보았다.

어린 날 할머니가 솥을 사는 것을 따라가 본 적이 있다. 할머니는 여러 전을 돌며 솥을 두드려보았다. 나는 서서 보고 있었다. 두드린 솥이 울리는 소리를 가만히 듣는 모습을 보면서 그때 나는 에밀레종을 생각했다. 할머니는 무슨 소리를 얻고자 했나. 어떤 소리로 할머니는 오래 쓸 것을 구별해내고 있는 것이었다. 따라간 아재가 등에 솥을 지고 왔다.

지금처럼 깔깔한 수세미도 없던 때 어머니는 돌멩이로 솥을 문질렀다. 그 소리가 몇 날 며칠을 갔다. 깡깡깡 우루룩 두루룩. 씻고 버리고 씻고 버리고. 검은 솥 물을 빼낸다고 했다. 음식이 끓어오르면 뜨거울 때 들기름을 발랐다. 바르고 또 바르고. 기름을 바르는 일은 금방 끝나지 않았다. 잊을 만하면 또 발랐다.

나는 지금 어머니처럼 무쇠솥 길들이기에 돌입했다. 내가 지금 어머니 말처럼 느닷없이 새똥 빠진 짓 하나.

모파상

나 모파상 잘 몰라. 교과서에 나와서 처음 알았어.

부드러운 손바닥과 고운 목소리가 여자의 팔자를 가늠한다는 말은 「목걸이」의 한 부분을 해석하면서 그 당시 멋쟁이 영어 선생이 한 말이야.

원서로 읽으면 그 부분이 있다고 했는데 나는 있는지 없는지 몰라. 나는 어떤 여자와 무엇을 주고받다 손을 스친 적이 있어. 생긴 것도 목소리도 좋아서 뜬금없이 내가 잘난 체를 하고 말았지. 손바닥과 목소리 얘기. 영어 읽을 줄 모른다는 말을 안 하고. 여자가 대답을 이렇게 했어.

"아버지가 자식을 많이 낳으라고 했는데 그때는 몰랐어요. 아이들 많은 사람이 부러워요."

"자녀가 몇인데요?"

"딸만 하나여요."

내가 으쓱해졌지. 그 인물에, 그 목소리를 가진 사람에게 말여.

"나는 넷이에요."

"어머나 부러워요. 저는 일이 중요하다고 생각했어요."

"무슨 일을 하시는데요?"

"의사예요. 한곳에서 지금껏 하고 있어요. 그 책 원서로 구해 읽어봐야겠어요."

말할 것도 없이 나는 단박에 기죽어버렸지.

그 영어 선생님은 드물게 넥타이를 바꿔 매시는데 기능으로서가 아니라 표현이 들어 있었어. 단순한 양복이 아니라 차림에 리듬이 보였지. 날마다 유쾌해서 수업이 무겁지 않았어.

선생님은 좀 사는 편인가, 생각했지. 그러던 어느 날, "수박은 여름에 싼데 왜 봄에 비싸게 사지? 여름에는 풋고추에 된장이 좋아. 제철에 나오는 것이 가장 싸고 영양도 좋은데 왜 거슬러 먹으려고 하지?" 하면서 시작한 슬기롭게 사는 방법이 나를 감동시켰어. 영어를 가르치고 드문 멋쟁이여서 좀 오해했던 것이 사라지고 실질을 숭상하는 모습이 좋았지. 와이셔츠가 두 개면 얼른 낡지만 여러 개면 그 비율로 낡지. 일 년 열두 달 새것으로 입을 수가 있지. 넥타이가 많으면 기분과 날씨에 따라 바꿀 수 있고……. "바꿔 매는 넥타이가 나를 위로한다면 너희를 위해서라도 여러 개의 넥타이와 함께하고 싶다." 선생님은 결코 과한 소비주의자가 아니라는 말을 했어.

비누는 무엇을 써야 하고 독립문이나 백양이 아닌, 잡지책에서나 본 비싼 속옷을 입고 다니는 아이들이 있었어. 생각해보면 흡습성이 아주 나쁜 옷이야. 우리가 책상 뒤에 숨어서 체육복을 바꿔 입을 때 그들 몇몇은 떳떳하게 치마를 벗고 흰 바지를 입었지. 옷을 갈아입다 그냥 서서 무슨 말을 시키거나 하기도 했어. 우리는 벗은 모습이 불안해 얼른 벗고 입었는데 말야. 우리가 꼭꼭 접어 감춰놓는데 몇몇은 책상 위에 아무렇게나 던져놓아 먼저 교실에 들어오거나 늦게 나간 친구들에게 구경을 시키며 부러움을 샀지.

내 엄마는 사주기나 했나. 틀로 둘둘 박은 즈로즈를 죽열 벌을 묶어 이르는 말으로 만들어 싸줬지. 생각해보니 여성 건강에 아주 좋은 것이었네. 덜컥덜컥 임신을 잘했는데 엄마가 만든 통기성 좋은 속옷 덕이었는지 몰라.

김장철 저마다 무엇 무엇을 넣었네, 한다. 뭐니 뭐니 해도 간 맞으면 맛나다. 김치가 찬찬히 익기 좋은 겨울. 투깔스러운 얘기를 귓전으로 흘려듣는다. 젓 넣고 갓 한 줌, 마늘과 생강, 고춧가루, 무채와 풀이면 돼. 별의별 소리 늘어놔 젊은 사람이 김치 담그는 일이 무서워 부들부들 떨게 할까.

내장탕

어느 날 딸이 물었다.

"엄마는 왜 사치를 안 했어?"

딸을 쳐다보지도 않고 대답도 하지 않았다.

애들이 인형 놀이를 할 때 나는 사지 않고 만들어주었다. 주름치마도 만들었고 끝을 잔 가위질로 발레 옷도 만들었다. 발레 옷은 두루마리 화장지로 안감을 넣었다. 그러면 치마가 방방하게 섰다. 두꺼운 종이로 왕관도 만들어 씌워주면서 나는 신하가 되었다. 전자제품 상자로 이글루를 만들어 거실에 두고 함께 드나들기도 했다. 집은 놀이터도 되고 유치원도 되었다.

긴치마를 즐겨 입었다. 광목으로 만들면 서늘하고 쾌적해 여름이면 그 옷만 입었다. 길어서 속옷에 신경을 덜 써도 되었다.

긴 치마를 입고 묶은 머리를 하고 때때로 모자를 썼다. 위장이고 갑옷이었으며, 어쩌면 허세였는지도 모른다. 두 개의 나였다.

아이 넷은 먹성이 좋았다. 할머니가 가르쳐준 것이 소 내장탕이었다. 그때는 고깃간에서 내장을 팔았다. 어려서 보아 천엽 손질도 할 줄 알았다. 밀가루에 주물주물 여러 차례 씻고 끓는 물에 데쳐냈다. 검은 털은 벗겨도 되고 안 벗겨도 된다. 그리고 가운데 한두 번 자른 무 넣고 푹 끓였다. 끓여 발코니에 내놓으면 기름이 위로 올라 하얗게 굳어졌다. 기름은 흰 초콜릿처럼 일어나 골라내기 쉬웠다. 무도 담고 단단한 염통, 보들보들한 허파, 퍽퍽한 간, 쫄깃한 창자와 위를 각기 조금씩 잘라 작은 냄비에 덜어 다시 끓여 아이들 밥을 먹였다.

남이 들여다보고 흉처럼 말하던, 별것을 다 먹던 아이들이 이제 컸다.

어젯밤에 노랑 콩 한 줌을 물에 불려놓고 잤다. 아침에 믹서로 물 넣고 간다. 김치 송송, 양파, 매운 고추. 있는 것 전부 넣고 달걀 밀가루 반죽하여 부친다. 부드럽고 배부르고 고소하고…… 가끔 밥 대신 하기도 한다.

밥 좀 같이 먹자

잡곡 넣어 두 솥 밥해서 종일 누룽지 만들었다.

어릴 때는 밥 뒤에 반드시 숭늉이 따라왔다. 따끈한 물속에 구수한 몇 술의 뭉개진 밥알. 고기를 먹었거나 채소 반찬을 먹고 난 뒤의 텁텁한 입과 목을 부드럽고 개운하게 씻어주었다. 부러 가마솥 뜸을 오래 해서 살짝 눌리고 물을 적게 부어 주걱이나 바가지 뒷등으로 문질렀다. 고숩고 탑탑한 숭늉은 먼저 떠어른 주고 한 바가지 물을 더 부어 식구들이 밥 먹고 난 뒤에 먹었다. 물까지 마셔야 식사가 끝났다. 여러 이론이 나와 밥 먹은 뒤 물을 마시면 위에 안 좋다는 기사를 본 가족들은 내 경험을 믿지 않고 물 먹는 걸 막는다. 차거나 한 다른 물 말고 밥알이 풀어진 뜨거운 물은 소화도 잘되고 속이 편하다.

어른과 겸상한 사람은 특혜가 있었다. 갈치라도 오르고 그게 없을 때는 새우에 진한 쌀뜨물 붓고 파 썰어 밥 위에 얹었다. 지금처럼 작은 것도 끓이기 좋은 화구가 있었던 때가 아니라서 큰 밥솥 한쪽에 가만히 얹어 익히는 것도 한 방법이었다. 달걀찜도 밥하면서 했다. 어른 상에 놓고 나머지는 두리반 가운데에 놓고 함께 먹었다.

밥상의 풍속도가 달라졌다.

같이 밥 먹기가 어려워진 것은 현대인의 꿈이 돈 많이 벌고 권세 누리는 것에 걸리면서다. 꿈을 이루기 위한 총력전으로 너무 바빠졌다. 밥 일찍 해 먹고 논으로 밭으로 갔던 때가 아니고 사회적 성공이 목표가 되어 성장기에는 시간이 없다. 조곤조곤 일러주던 밥상머리 교육 따위는 허튼소리로 전락했다. 대학가는 공부 아닌 것은 다 쓸모없고 방해라고 여긴다.

책가방을 어깨에 꿰면서 아이는 나가고 엄마는 그보다 먼저 나가 부릉부릉하고 있다. 저녁 열 시가 넘은 시간에 어린아이가 승강기에 탄다. "어디 갔다 오니?" "학원이요."

일본을 방문한 중국의 높은 분에게 세계에서 가장 빠르다는 신칸센을 태우고 소감을 물었다. 그랬더니

"작은 나라에서 이렇게 빨리 갈 곳이 어디람."

궁시렁거리듯 했다는 말이 생각난다.

곡식을 키우는 계절

감꽃이 지고 잎도 열매도 날로 커진다. 내가 아는 언니는 감잎이 기름 먹인 것처럼 윤기가 나는 오월 퇴직금을 털어 시골에 땅을 샀다. 서 있는 감나무 한 그루에 정신이 뺏겼다고 했다. 그 감나무를 날마다 보고 싶어 땅을 내 것으로 묶었다. 감나무를 보고 있으면 행복할 것 같았다. 컨테이너 하나를 놓으면 될 줄 알았다. 여름에 일하다 잠시 들어가 본 그 쇠 곽 안은 펄펄 끓었다. 여름 컨테이너는 나무 그늘보다 못했다. 우물이 있어 씻으면 좋겠고 선풍기를 돌리자면 전기가 필요했다. 하나하나 하다가 한 김에 마을 사람이 조그맣게 집 짓는 것이 뭐 얼마나 드냐고 하는 바람에 집도 앉혀버렸다. 생각보다 많이 들어 후회를 했지만 여기까지만, 이것만 하다가 여윳돈이 남김없이 다 들어가버렸다. 호사해보려던 시골집은 가면 풀이 허리께에 차 있고 가지

고추 하나라도 심으면 도무지 자라지 않고 열매 하나 내주지 않았다. 가서 해 질 때까지 일하고 몇 년 땅심을 돋우면 수확을 거둘 때가 있을 거라는 일념으로 파고 심고를 거듭했다. 지쳐서 며칠 쉬었다 가면 집은 풀 속에 놓여 있었다. 부부는 나이 먹어 가고 점점 힘에 부쳐 그 집을 내놓았다. 몇 년 있다 손해를 보고 판 언니는 웃었다.

"감나무 말이여, 오르내리며 놀던 감나무 때문이여."

감은 초록색일 때는 떫어서 먹지 못한다. 아예 먹지 못했던 것은 아니다. 어느 정도 컸을 때 바람이 불어 가지가 꺾이거나 추석이 왔는데 해가 늦었는지 사과도 배도 안 나왔을 때 어른들은 뚝뚝 따 침을 담갔다. 항아리에 담고 미지근한 물 부어 아랫목에 한 사나흘 두면 떫은 기가 가서 차례상에도 놓았다. 단맛은 있을락 말락 하는 정도였다. 오래 씹어서 조금이라도 달면 달다고 여기고 먹었다.

그 시절을 지나온 사람이 하는 말이다. 요새 사람들이라면 입을 찢어도 안 먹을 것이다. 무엇이든 입에 넣어 씹을 수 있는 것은 다 먹던 때였다. 학교길 다래도 따 먹고 풋녹두 꼬투리조차 씹었다. 고구마는 먹을거리 중 양반이었다. 익지 않으면 먹기 어려운 다른 것과 달랐다. 실고구마라도 들었겠다 싶으면 아이들은 벌써 이랑을 손톱으로 팠다. 어째 그렇게 먹을 것이 귀했을까. 밀가루 옥수수 콩 등이 외국에서 들어와 삼시 세끼 속으로 들어오면서 허기를 좀 메워주었다.

불만이 있다. 온갖 매체는 탄수화물을 이롭지 않은 식품으로 몰아간다. 곡식이 귀하기는 했지만 다른 먹거리가 없어도 끼니만은 든든히 먹었다. 밥그릇도 컸다. 그런데 지금처럼 비만은 없었다. 그릇도 작아지고 끼니를 건너뛰는 사람이 많은 지금 그 귀하던 식량이 남아돌아 야단이다.

우선 밥은 속이 편하다. 밥을 많이 먹고 나면 다른 불량식품이 당기지 않는다. 대접받아야 할 쌀이다.

우유를 구하기 어려워 끓어오르는 밥물을 받쳐 그것만으로 갓난아이를 키웠던 일들이 마을에 있었다. 가까스로 큰 약골이 아니라 남들 걸을 때 걷고 고무줄놀이, 사방치기 하며 마을 앞에서 같이 놀던 아이였다. 우유만이 아이를 기르는 완전식품일까?

숭고한 밥을 허술히 여기며 성인병의 주범이라고 조차한 매체에 불만이다.

반짝거리는 감잎에 혼을 뺀 그 언니의 그리움을 이웃 우리는 아무도 비난하거나 웃지 않는다.

비지찌개

콩 한 줌을 미리 담가두었다. 준비하는 김에 멸치 몇 개와 다시마를 찬물에 우려두어도 좋다.

아침에 김치에 돼지고기 넣고 볶다가 쌀뜨물이나 다시마 우린 물을 넣고 끓기 시작하면 믹서에 간 콩을 한쪽에 가만히 붓는다. 보끔보끔 익는다. 대파 썰어 넣으면 끝이다. 고소하다.

가을에 콩 한두 되쯤 사두면 좋다. 김치가 익으면 콩 한 줌과 든든한 음식이 된다. 겨울이면 비지찌개가 좋다. 가족의 귀가를 환영하는 비지찌개.

녹두만 부치는 것이 아니다. 콩을 갈아 섞어 전을 부쳐도 좋다.

보쌈이거나 닭발볶음

서민 음식이 좋다. 어쩌다 닭 한 마리 튀겨 앞에 놓고 한 말이 있다. 부자는 불행하다. 이런 닭다리가 맛이 없을 테니.

갈비, 낙지, 게, 병어, 굴비, 민어, 돔, 홍어를 반찬이라고 여기는 사람들이 늙어 일선에서 손을 놓기 시작하자 젊은 친구들이 빠르게 외국 음식을 끌어왔다. 첫 번은 낯설었으나 자꾸 접하면서 익숙하고 당기는 음식이 되었다. 이 나라 저 나라를 넘나들며 좀더 특별한 음식을 내보이는 상점들이 있다보니 우리나라에서 먹을 수 없는 외국 음식이 거의 없게 되었다. 피자는 치즈가 주된 것이었다가 어느 날 생시금치 하나가 중앙에 누운 피자를 보게 된다.

남편이 친구를 데려오면 얼른 고기를 삶는다. 김치가 생것이나 잘 익은 것이 있으면 좋고 아니면 씻어버리고 새로 양념을 한다. 잣도 몇 알 냉동고에 있으면 잘 쓸 수 있다.

뜨거운 돼지고기에 김치를 싸 먹는 이른바 보쌈을 싫어하는 사람은 못 봤다. 술안주로도 좋고 밥반찬으로도 좋다. 나가서 먹기보다 돈도 아낄 겸 팔팔 끓는 물에 두부를 데쳐 함께 놓으면 좋다.

먼저 맹물을 끓인다. 육즙이 빠져나가지 않게 하기 위함이다. 보쌈용으로 잘라달라고 한 고기를 끓는 물에 넣어 겉을 얼른 뒤집어가며 익힌 다음 찬물에 그릇과 고기를 깨끗하게 씻는다. 고기에도 그릇에도 약간의 불순물이 붙어 있기 때문이다. 그리고 대파, 생강, 된장 한 술, 후추, 간장을 넣고 물이 끓으면 고기를 넣고 삶는다. 사과 한 쪽을 넣어도 좋다.

또 닭발을 예찬한다. 뼈 없는 것 한두 팩 언제나 구비해두고 손님이 온다 싶으면 녹인 뒤 물에 삶아 씻고 또 씻는다. 물에 소주를 한 컵쯤 넣고 끓이면 잡내를 없애준다. 씻어 물기를 빼고 고춧가루 고추장 간장 마늘 생강 설탕을 조금 넣고 조물거리면 돼지 불고기 양념이다. 바닥에 깻잎을 곁들인다. 소주를 먹는 날이다.

고추조림

운문사 탑을 보러 청도에 갔다. 청도는 난생처음이다. 이제 지대석, 탑신부 정도를 알아�든는다. 탑을 보고 신라 말, 고려 초의 것이라고 척척 알아맞히지는 못한다. 탑을 요모조모 살피고 머리에 입력하고 잊지 않으려 되새기는 사람도 있지만 나는 그렇지 않다. 먼 산, 하늘, 저기 보일 듯 말 듯한 암자, 냄새, 방문객들의 모습을 힐끗거린다. 내가 방문한 곳은 청도의 운문사가 아니라 운문사가 포함된 하늘과 땅과 길과 사람이다. 입장료 받는 곳에서는 얼굴만 빼꼼 보고 통과시켰다. 썩 유쾌하지는 않다. 같이 간 친구는 의기양양하게 들어가다 직원의 부름을 받았다. "아주머니 주민등록 봐요!" 친구는 생일도 빠른데 조물주는 나보다 다섯 살쯤 아래로 보이게 만들었다.

노점에서 할마이들에게 청도 입장료를 지불한다는 생각으로 고추와 호박을 샀다. 듬뿍듬뿍 담아줬다.

아침에 장조림을 한다. 지금 사람들은 새파란 고추를 강조한다. 울 엄니는 이러셨다.

"집 간장에 낭글낭글 때서 밥 위에 얹어 비비려면 고추가 팍 잉깔라져야 쓴다. 덜 익으면 풋내 나고 맵기만 해."

"많이 끓으면 무슨 맛이 나는데?"

"매운맛도 가시고 짠맛도 가시고 단맛 나. 여름 치고 나면 그것도 약 된다잉."

청도 할마이가 약 주었다는 생각을 하며 불에 오래 끓도록 놔둔다. 여름이 기울 때 농부들은 대개 남은 기운이 없었다. 조상들은 약으로 생각하고 음식을 먹었고, 그러니 약이 되었을 것이다.

약은 우리 몸의 불편한 곳을 해결해주는 것이다. 농사짓는 집이라 여러 곳에서 도와주는 아재들이 왔다. 어느 날 자른 무의 속이 비어 있었다. 우연히 들여다보던 아재가 말했다.

"그 속에 물이 고여 있으면 약이다."

인간의 한계는 이미 봐왔고, 어딘가에는 이를 해결해주는 영험한 것이 있다고 믿었던 걸까.

쌀밥

가을에 반짝 쌀밥만 지어 먹어봤을까.

농사짓는 사람이라고 다 쌀밥을 먹을 순 없는 시절이었다.

지금처럼 온 식구가 같은 밥을 먹지 않았다.

대부분 어른들과 함께 살아 할아버지 할머니께만 쌀을 떠서 드렸다.

그러자면 밥하는 기술이 필요했다.

잡곡을 솥에 안치고 위 중앙에 씻은 쌀을 얹는다. 웁쌀이라고 한다.

이제부터는 불 때는 기술.

마구 끓여버리면 안 된다. 끓으면서 뒤섞이면 웁밥을 어떻게 뜨겠는가.

끓기 시작하면 불을 줄여 잔불로 뜸 들이고 좀 기다렸다 재지는 불을 땐다.

그때도 역시 살살 조금.

얌전한 불꽃으로 한 번 더 불을 짧게 넣는 것은 곡물들이 허리를 펴고 진기를 내놓아 서로 붙잡게 하기 위함이다. 기술이 더 좋으면 살짝 눋게 되고.

죽죽 늘어나 날쌍하면서 나실나실한 밥.

무거운 솥뚜껑을 밀어 열면 낱알이 실금 벌어지는 소리가 난다.

안친 그대로 있으면 불을 잘 땐 거다.

겉을 걷어내고 할아버지, 할머니, 아버지…….

밥 뜨는 차례가 저승 가는 순서라 했던가.

그다음에는 확 섞어 밥을 펐다.

오랜 세월 솥에 부딪혀 어슷하게 닳았던 우리 집 놋쇠 주걱은 지금 어디로 갔나.

가난한 사람은 사철 잡곡밥을 했다.

보리는 오돌거려 한 번 삶았다 밥을 했다.

보리밥은, 대부분 많이 먹고 살았던 보리는 잘 퍼지고 차지게 하는 것이 기술이었다. 간식이라는 것이 흔치 않았을 때, 밥을 먹고 나서 더는 먹을 것이 없을 때 한 끼는 숭고하고 엄숙했다.

"보리도 불만 잘 때면 방긋방긋 웃어라우."
하던 동네 아짐은 종이와 연필이 쥐어졌다면 시인이 되지 않았을까.

생선구이는 간이 간간해야

'투깔스럽다'를 우리 집에서는 일반적이지 않고 과하다고 할 때 썼다. 요새는 모든 음식이 싱거워졌다. 인생의 목표가 오래 살기 다. 뭔가를 이루려면 오래 살고 봐야 하지 않겠는가라면서. 수명이 엄청나게 늘어났다. 늘어난 시간도 인간답게 영위하고자 발버둥 친다. 그 시간을 위해서 살아야 하고 건강해야 한다면서.

그 목표 속에 싱거운 섭생이 끼어들었다. 나의 언어는 꾸중 듣기 알맞다. 늘 삼천포다. 초근목피 시절에는 그저 배부른 게 최고였다. 지금은 놀고먹는 한량들을 위해, 아니면 열심히 일한 사람들을 위해 그동안 거들떠보지 않았던 것도 꺼내 지껄인다. 섬 저 안쪽에 사는 이들이나 먹었던 나물이며 느닷없는 해초도 등장한다. 지구상의 모든 것을 가르고, 들여다보고, 약품에 적셔 본다면 구성하는 물질 속에 유익한 거 하나 왜 없겠는가. 방송도 많아졌고 연구하는 사람도 많아 그들이 하는 분석이 텔레비전 틀어놓고 사는 모든 국민에게 알려졌다. 단풍도 텔레비전에서 먼저 들고 꽃도 먼저 핀다. 병어니 전어 철이니 해대는 그 대열에 못 끼는 사람의 가슴에는 멍이 든다. 그렇다고 멍드는 사람도 그렇지만, 방송은 주는 것이 많을지언정 어떤 것을 숨겨주는 예의는 없다.

어릴 적 새벽에 생선 장수가 이고 들어온 그릇에는 갈치, 병어, 게가 많았다. 꼭 그 아주머니는 방금까지 펄떡펄떡 뛰었던 놈이라고 했다. 못 판 것을 보관할 곳도 없는 아주머니 말이 과연 옳은 것인지 보려고 살림의 고수인 엄마는 생선 눈을 째려보고 손가락으로 살을 눌러보았다. 게는 살펴 벼락젓 담거나 솥에 찌고 병어는 하지감자를 넣고 조렸다. 가끔 회로도 먹었다. 그러니까 나는 홍어회랑 병어회밖에 못 먹어봤다.

장에서 사는 갈치나 덕자큰 병어, 고등어 등은 대개 소금에 절인 것이었다. 길은 꼬부랑이고 차는 성능이 좋지 않고 냉동차는 없었다. 바닷가가 아니면 펄떡 뛰는 것은 볼 수 없고 죽은 다음 긴 여로에 들어서면 상할 수밖에 없었다. 소금은 필수였다. 엄마는 소금에 간해 짚벼늘에 던져 말렸다. 짭쪼름해 더 고소했던 맛. 게장도 너무 싱거운 나머지 비려서 싫고 생선 역시 내 입에는 이 맛도 저 맛도 아니다. 젓가락 끝에 조금 붙을락 말락 하게 떼어 물 만 밥에 먹던 갈치나 병어.

　요새 생선은 너무 싱거워 물 만 밥에는 비위 상해 먹지 못한다. 짜면 곧 죽을 것처럼 난리를 친다. 나는, 나만 먹더라도 짭쪼름한 것이 좋다. 나는 밥 한 그릇을 갈치 한 토막에 먹던 그만큼의 간이 좋다.

　오늘도 좀 짜다. 다 내 것이다.

가정 초

집집마다 장이 있고 된장이 있고 또 하나 초가 있었다. 막걸리 해 먹고 조금 덜어 초병에 담아두면 초눈이 일었다. 맑은 웃국을 따라 쓰고 다시 막걸리를 부어두었다. 그것이 그 집의 맛을 담당했다.

양가 부모님들이 살림을 놓으면서 내가 초병을 가져왔다. 옹기 초병은 우리 집에 와서 한 번도 제구실을 하지 못했다. 시골집 부뚜막과 같은 온도가 집 어디일지 모르겠고 마땅히 쓰임새도 없어 나는 초를 사다 썼다. 초를 살리는 것도 살림하는 사람의 지혜였다. 입은 솔잎으로 막아 공기가 들고 나게 했다. 베란다에 방치해두고 가끔 옛날 생각이나 해보는 것으로 그쳤다.

그러나 엄마는 위로해줄 것 같다.

"지금 촌에서도 그 초 먹는 사람 없다. 옛거 좋다 좋다 할 것 없다. 그때 지금같이 오래 산 사람 없었다."

과거 빙초산은 "쬐까만 넣어도 화들짝 시어". 엄마는 무조건 내 편을 들어줄 것인데 혹여 딸이 허리 펼 날 없던 자신의 전철을 밟을까 염려일 것이다. 엄마는 오래 사는 것으로 세상을 평가했다.

잔뜩 낀 오염 속에 단련되어 나중에는 제정신이 아닌 사람으로 살아가는 형벌은 어떤 계산속에 넣을 것인가.

올해 목표는 초를 분양해 나도 키워 먹는 것이다. 나머지는 싱게밍게하게 살아보는 것이다.

다짐과 격려가 되었던 우리 집 고기

정월 배 병아리 두어 배 앉혀 까면 쳇바퀴에 가둬 아랫목에 두고 좁쌀이나 싸라기로 거둬 먹인 다음 찬바람을 견딜 수 있을 때 마당으로 내놨다. 닭은 약이었다. 식구들 생일, 허약한 놈에게 특별히, 제사 등으로 일 년 짯짯하게 나눠 썼다.

삼월까지는 묵은 닭을 잡았다.

그 뒤부터는 잘 크는 놈부터 잡았는데 마루에 올라와 발자국을 낸다든가 싸우기를 잘하는 등 밉보인 놈이 먼저 잡히기도 했다.

엄마는 조금 달랐다. 너무 잘난 것을 싫어했다. 허약하거나 배배 도는 놈에게 애정을 주었다. 부엌 바라지 옆으로 지나가면 얼른 밥하려고 퍼두었던 쌀이라도 던져주었다. 그렇게 길들이면 가끔 무리에서 나와 엄마 있는 곁으로 와 서성거렸다. 엄마는 그렇게 힘없는 것들과 편을 먹었다. 설이 임박하면 두어 마리 닭을 잡아 장에 끓여두었다. 때로 우장 입은 닭건강해 보이지 않는 닭이 살생부에 오르기도 했는데, 엄마는 시치름한 얼굴로 명절에 상에 올리려면 좋은 놈 잡자며 명단에서 빼주었다. 짭조름하게 때서 오가리에 담긴 것은 한 국자씩 떠서 수시로 드나드는 정월 손님의 떡국을 만드는 데 썼다.

엄마의 정재

엄마는 한 손으로 요리를 했다.

두 손 중 하나는 불을 넣는 데 썼다.

오랫동안 연기 자욱하고 반찬도 들리고 재 받아낼 때 날리기도 해 밟고 다닌 정재부엌 바닥은 검고 울퉁불퉁했다. 그곳에서 방이나 마루로 나갈 상이 봐지고, 때를 넘기거나 미리 시간에 맞춰 나갈 사람이 바닥에 앉거나 서서 얼른 한술 뜨기도 했다.

쇠스랑 발은 셋이어도 입은 하나라고 하지만 옛날에는 입을 차별했다.

밥 위에 찐 갈치 토막 중 큰 것을 주거나 국을 저어 고기를 건져주는 사람도 있었지만 남은 반찬만 주는 사람도 있었다.

엄마가 요리할 때 한 손은 솥 안의 음식을 휘젓고 다른 한 손은 불을 밀어넣는 데 쓰는데, 아무 나무나 사용하지 않고 시작하기 전에 결정했다. 보르르 타는 짚도 있고 깻대나 들깻대도 있고 미영대도 있었다. 고기도 고기 나름이었다. 풀치를 석쇠에 넣어 얼른 불을 쬐고 마는 거라면 불담이 약해도 되지만 조기라도 구워야 한다면 적어도 가지대 미영대라고 불린 목화대여야 했다. 가을에 쪄다 쟁여둔 소나무도 있었는데 굵고 가는 것이 섞여 있었다. 고춧대를 땔 때 어쩌다 희나리라도 들어가면 엄마조차 시끄러운 기침을 해댔다. 나무도 식량과 버금가는 것이어서 그런 것들은 바람이 통하는 난전 솥이나 쇠죽을 쑤는 외양간으로 밀었다.

아궁이를 굵은 솔가지나 장작으로 메울 때는 엄마의 두 손을 다른 일에 써야 할 때였다. 아궁이 속에서 나무가 저절로 타도록 두고 가지를 무치거나 김치를 버무렸다.

엄마의 허둥지둥을 보다 못한 아버지가 작은 톱을 들고 들어가 나무를 때기 좋도록 자를 때가 있었는데 앉으나 서나 남편을 위한 밥상이 머리에서 떠나지 않는 엄마에 대한 보답이었을 것이다.

번데기

외양간이 넓었다. 소가 있고 머리 쪽에는 여물통이 있고 옆에는 쇠죽을 끓이는 큰솥이 있었다.

아궁이 건너 공간이 컸다. 소먹이가 되는 콩깍지며 짚이 쟁여지고 그것을 끓여내는 나무가 있었다.

누에고치를 딸 때쯤에는 외양간을 개운하게 치웠다. 오래 산 아재는 말하지 않아도 알아서 척척 했다.

두 개의 옹기솥을 거는 일은 누구를 시키지 않고 증조할머니가 했다. 낮춤하게 두 개의 실솥을 걸었다. 그리고 불땀이 온순한 나무를 들였다.

고치를 지은 누에가 그 안에서 번데기로 탈바꿈하고 번데기에서 나방이 나오기 전에 실을 자았다.

일찍 혼자되었던 증조모의 성격은 차가웠다. 나는 그 할머니한테는 예쁨을 못 받았다. 그분 눈에는 내가 참참하게 클지 의문이었다. 태어나 자라면서 몇 살에 밥 짓기를 하고 어느 때 길쌈에 참여했던 본인과는 달리 해 질 때까지 훌떡훌떡 뛰는 고무줄이나 하고 있는 것이 염려되었다. 어른도 못 할 소리를 씨올이고, 쌓기보다는 흩기를 좋아하는 나더러 건성굴레라며 못마땅해했다.

아궁이에서 먼 옹기에는 애벌로 고치를 불리고 좀 큰 솥에서는 실을 뽑았다. 뽑은 실은 자세를 돌려 감았다. 고치에 실이 풀리면서 번데기의 실루엣이 보이면 솥 주변 아이는 속으로 열광했다. 대신 번데기를 먹는 아이는 자세를 돌렸다. 애벌 솥의 고치가 번데기 수만큼 큰 솥으로 넘어와 채워졌다.

건져주는 번데기는 아직 몇 가닥 실오라기가 걸쳐져 있을 때였다. 실을 찢어 통통한 번데기를 입에 넣고 이리저리 굴리며 씹었다. 뜨겁지만 식기를 못 기다렸다.

증조모님이 우리가 솥 옆에 오는 것을 막을 때가 있었다.

"누구네 시째 좀 데려와라." 그 아이는 젖을 뗀 뒤 허약 체질이 되어 있었다. 옆에 앉히고 일삼아 번데기를 잘라가며 먹였다. 증조할머니는 밥상머리에서 어른들 말에 불쑥불쑥 끼어드는 오빠나 나를 숟가락 등으로 때릴 만큼 엄했지만, 실을 자을 때 마을을 돌아다니면서 눈여겨두었던 아이를 불러 몇 날 며칠을 생색 없이 거뒀다.

"어서 먹어라. 오줌 누러나 가고 꽉 앉았거라. 실솥 옆에 며칠 있으면 사람 된다."

그 시절 우리가 먹을 수 있는 질 높은 단백질이었다.

키가 크고 귀까지 너푼하던 증조할머니. 자신을 지키기 위해 부러 찬바람을 풀풀 날렸을까.

시골 쥐 서울 쥐

음식 프로그램이 많다. 조리된 음식은 고운 그릇에 담기고 젓가락은 음식을 집어 음미할 사람의 입으로 간다. 화면은 맛을 본 사람의 표정을 잡는다. 지나친 액션은 시청자가 눈을 떼지 못하게 붙들었다.

굶고 나오라고 했나. 저리 맛날까.

이제 그 음식을 어떻게 조리하는지 보여준다. 음식에 대한 관심이 높아진 것은 부엌을 떠안았던 여자들에게 매우 고무적인 일이다. 그런데 고관대작이나 세도가여서 사람을 많이 부리는 집안에서는 그 일만 전담하는 사람들이 무치고, 지지고, 볶고, 부치는 데 시간을 들였을 것이다.

농사짓던 우리는 틈으로 음식도 했다.

물외 열리면 아궁이에 나무 밀어넣고 타는 사이 썰었다. 식초는 항상 부뚜막에 있었다. 다 먹고 나면 먹던 막걸리 부어두고 공기가 통하도록 솔잎으로 막아두었다. 초눈이 생기고 맑게 가라앉으면 따라 먹었다. 부뚜막의 가정 초는 텁텁하기는 하나 쏘는 맛이 없고 신맛이 부드러웠다. 한동안 빙초산이 나타나 좀더 강한 맛을 원하는 사람들을 현혹했다. 깔끔하고 개운하고 톡 쏘아서 밍밍한 신맛의 우위를 점령했다. 집에서 만든 초는 그다지 신맛이 오르지 않아 온몸을 전율케 하는 빙초산이 한동안 사람들 사이에서 신문물처럼 유행하고 가정에서 보살피듯 키워야 하는 초는 그때 많이 사라졌다.

할머니가 어느 여름을 서울 며느리 집서 보냈다. 몇 달의 서울생활에도 전혀 주눅들지 않은 이유가 있었다. 가만가만 동네를 걸으면서 밥할 때가 되면 사람들이 가게서 사 들고 가는 것도 보게 되었다.

"서울 년들은 여름에도 실가리시래기 먹더라." 반찬 가게에 서서 봤는데 종일 물에 담긴 희부덕덕한 시래기도 사고 철도 아닌 호박잎을 사가더란 것이다.

비닐하우스라는 것은 시간을 뒤엎었다. 사시사철 먹고 싶은 것이 다 나온다. 시골 농협조합장이었던 아버지가 어느 날 내집에 와서 와이셔츠를 뒤집어 벗으면서 화를 냈다.

"하우스 속에서 죽자 사자 일해서 도시 놈들 좋은 일 시킨다. 촌놈은 행여 돈 될까 시작했다가 돈은 만지지도 못하고 죽을 영금만 본다."

방울토마토를 기를 때 겨울의 하우스는 기름을 땠다. 집에서 다 먹을 것이 아니라 시장성에 맞추어야 한다.

기르던 것을 돈 아낀다고 멈출 수 없다. 들어가는 것이 아까워 그만둔다는 것은 그 일을 작파하겠다는 뜻이다. 여름에 비닐하우스 안은 숨을 쉬기가 어렵다. 그렇게 길러낸 것들이 과잉 생산으로 생산비는커녕 갈아엎어야 할 때가 있었다. 그때 아버지 구역에는 상추의 판로가 없었다. 그런 것들을 하지 않았을 때는 그런 고민이 없었다. 대신 돈이 귀했다. 돈이 필요해 생각해낸 것이지만 들판에 하우스가 많아지면서 희소가치가 사라진 마당에 이런 인건비도 못 건지는 일은 아주 흔할뿐더러 되풀이되었다. 농민들 덕에 김장 김치가 전부이던 보통 사람들의 겨울 식탁에 신선한 푸성귀가 올랐다. 그것만이라도 알아주었으면 좋겠다. 하우스가 생기면서 농사짓는 사람은 농한기가 사라지고 턱없이 낮은 가격으로 도시의 식탁을 다채롭게 꾸미는 노예가 되고 말았다. 어쩌다 가격이 좀 오르면 작년보다 몇 배나 뛰었다고 아우성이다. 가격이 올라서 농민이 재미 보는 경우는 드물다. 폭우가 쏟아졌거나 가뭄이 들어 바닥에 물건이 없을 때

가격의 고공행진은 농민의 가슴을 더 쓰라리게 할 뿐이다.

아버지는 농부가 노력의 결실을 못 보는 것이 화나고, 할머니는 뜬금없이 때를 거스른 음식을 변화로 받아들이지 않고 음식의 도를 모르는 것처럼 깎아내렸다. 할머니 말이 맞다. 시래기는 가을에 찬 바람 불 때 매운 풋고추를 썰어 넣어야 맛있다. 할머니가 못마땅한 데에는 다른 이유도 있었다. 햇볕 쨍쨍한 날 발걸치고 놀고먹는 젊은 여자들이 주는 것 없이 미웠다. 여름 호미질 한 번이 가을 삼태기 가득 알곡과 바꾸는 것인데 할머니가 본 여자들은 낮 동안 할랑거리며 놀았다. 이래저래 그 여름 도시는 불쾌하고 못마땅해서 여러 차례 입맛을 다셨다.

할머니도 우물 안 개구리고 나 역시 그런 경험을 가지고 있다. 시골 중학을 나와 광주로 고등학교 진학을 했다. 두 명이 짝이 되어 학급 관리를 하는 주번이 되었는데 꽃을 사다 꽂는 것도 하는 일 중 하나였다. 나는 이제껏 들에서 꽃을 꺾었다. 꽃꽂이를 하고 살았지만 꽃을 사본 적은 없다. 진달래를 마루의 작은 항아리에 꽂았고 명자나무 꽃도 찔레도 갑자기 약효가 있는 것으로 알려진 돼지감자 꽃도 집 주변이나 들에서 꺾었다. 그런데 둘이 화원으로 돈을 내고 꽃을 사러 간다는 것이었다. 갓 입학한 나는 화원이 어디에 있는 줄 몰랐다. 나는 아닌 척했겠지만 그 친구는 시골뜨기 나를 데리고 시내로 향했다. 가면서 친구가 말했다. "나랑 친하게 지내자. 우리 집은 공장을 하고 있어. 부자야." 나는 얼굴이 까맣고 우선 건들거리는 그녀를 속으로 깔봤다. '얘는 우리 집이 우리 동네에서 제일 잘사는 줄 모르고 있군.' 나는 앞으로 잘 지내자는 말에 현혹되지 않았다. 훗날, 아주 훗날 학교를 졸업하고 나는 내가 그 친구의 집과 시골 우리 집을 견주었다는 것을 알고 웃었다. 할머니가 물에서 건져 한 주먹씩 담아준 여름 시래기를 먹으려드는 이층집 사람들을 비웃고, 나는 시골 부자와 도시 부자를 재는 데 감이 안 서서 자기 따라다니면서 놀자며 맛있는 것도 사준다는 친구의 말을 귓등으로 흘리며 걸어갔다.

내가 만난 증조모님의 엄지손톱은 늘 길었다. 왜 안 자르냐고 물으면 "이것은 내 연장이다" 하셨다. 그 연장으로 모시를 째고 콩을 고르고 뽕잎을 따고 감자나 무의 거친 부분을 긁었다.

어린 시절 집을 생각하면 닳은 놋수저와 아주 무거웠던, 역시 놋으로 된 주걱이 생각난다. 타래박은 어쩌자고 일 년 내내 부뚜막 정중앙에 걸려 있었는지. 방보다 깊던 부엌은 늘 김과 연기로 가득 차 사람이 또렷하게 보이지 않았다. 반 조각의 놋수저는 무쇠솥의 깐밥누룽지을 훑었을 역사였고 손톱으로 해결할 수 없는 일에 나서기도 했다.

우리 집은 마루에 걸터앉는 일을 끔찍하게 여겨 금기했는데 어느 날 어머니가 툇마루에 그렇게 앉아 있었다. 그러고는 내가 가지고 놀던 팥주머니를 가지고 두 손이 아닌 한 손으로 던지기를 했다. 위로 던지고 받고 또 던지고 받는 놀이를 엄마는 못 하는 줄 알았다. 그런데 엄마는 흔히 하는 두 개가 아니고 셋을 서까래 있는 곳까지 던졌다가 받아내면서 학교 다녀올 때 사 먹었다는 커다란 눈깔사탕 얘기를 했다.

엄마는 뜨개질을 잘했고, 다른 사람들과 다르게 줄어든 바지를 덧대어 새것처럼 만들기도 했다. 층층시하 중노동에 엄마의 재주는 짓밟히고 있었다. 내 눈에 팥주머니 던지기는 잊고 지낸 엄마의 언어였다.

할머니는 내게 이야기를 많이 해주었다. 장화홍련, 심청전…… 지금 생각하면 순전히 엉터리였다. 옆에 앉아 졸라대는 나를 이기지 못해 뼈대만 있으면 마구 덧붙여 만들어낸 얘기들을 할머니 무릎에 두 손을 얹고 경청했다.

콩 심은 데 콩 나고 팥 심은 데 팥이 날 거라 믿는 집에서 가끔 먼 산 보는 버릇 하나로 저것이 뭐가 될 끄나, 하는 소리를 듣곤 했다. 이나마 글을 쓰는 것이 식구들에게 막연한 걱정을 시켰던 틈에서 났던, 우렁찬 응원이 아니었을까. 이제 나는 완벽하게 거짓을 꾸며내는 글을 쓸 것이다.

계절을 먹다

어머니들의 리틀 포레스트

1판 1쇄 2023년 12월 29일
1판 2쇄 2024년 2월 15일

지은이 이혜숙
펴낸이 강성민
편집장 이은혜
편집 김유나
마케팅 정민호 박치우 한민아 이민경 박진희 정경주 정유선 김수인
브랜딩 함유지 함근아 박민재 김희숙 고보미 정승민 배진성
제작 강신은 김동욱 이순호

펴낸곳 (주)글항아리 | 출판등록 2009년 1월 19일 제406-2009-000002호

주소 경기도 파주시 심학산로 10 3층
전자우편 bookpot@hanmail.net
전화번호 031-955-8869(마케팅) 031-941-5161(편집부)
팩스 031-941-5163

ISBN 979-11-6909-194-7 03800

잘못된 책은 구입하신 서점에서 교환해드립니다.
기타 교환 문의 031-955-2661, 3580

www.geulhangari.com